聊斋志异

册四

[清] 蒲松龄 著

万卷出版公司

巩仙

巩道人，无名字，亦不知何里人。尝求见鲁王，阍人①不为通。有中贵人②出，揖求之，中贵见其鄙陋，逐去之；已而复来。中贵怒，且逐且扑。至无人处，道人笑出黄金二百两，烦逐者覆中贵：『为言我亦不要见王；但闻后苑花木楼台，极人间佳胜，若能导我一游，生平足矣。』又以白金赂逐者。其人喜，反命；中贵亦喜，引道人自后宰门入，诸景俱历。又从登楼上，中贵方凭窗，道人一推，但觉身堕楼外，有细葛绷腰，悬于空际；下视则高深晕目，葛隐隐作断声。惧极，大号。无何数监至，骇极。见其去地绝远，登楼共视，则葛端系根上，欲解援之，则葛细不堪用力。遍索道人，已杳矣。束手无计，奏之鲁王，王诣视大奇之，命楼下藉茅铺絮，将因而断之。甫毕，葛崩然自绝，去地乃不咫耳。相与失笑。王命访道士所在。闻馆于尚秀才家，往问之，则出游未复。既，遇于途，遂引见王。王赐宴坐，便请作剧，道士曰：『臣草野之夫，无他庸能。既承优宠，敢献女乐为大王寿。』遂探袖中出美人置地上，向王稽拜已。道士命扮『瑶池宴』本，祝王万年。女子吊场③数语。道士又出一人，自白『王母』。少间，董双成、许飞琼，一切仙姬次第俱出。末有织女来谒，献天衣一袭，金彩绚

烂，光映一室。王意其伪，索观之，道士急言：『不可！』王不听，卒观之，果无缝之衣，非人工所能制也。道士不乐曰：『臣竭诚以奉大王，暂而假诸天孙，今则浊气所染，何以还故主乎？』王又意歌者必仙姬，思欲留其一二，细视之，则皆宫中乐伎耳。转疑此曲非所夙谙，问之，果茫然不自知。道士以衣置火烧之，然后纳诸袖中，再搜之，则已无矣。

王于是深重道士，留居府内。道士曰：『野人之性，视宫殿如藩笼，不如秀才家得自由也。』每至中夜，必还其所，时而坚留，亦遂宿止。辄于筵间，颠倒四时花木为戏。王问曰：『闻仙人亦不能忘情，果否？』对曰：『或仙人然耳；臣非仙人，故心如枯木矣。』一夜宿府中，王遣少妓往试之。入其室，数呼不应，烛之，则瞑坐榻上。摇之，目一闪即复合；再摇之，鼾声作矣。推之，则遂手而倒，酣卧如雷；弹其额，逆指作铁釜声。返以白王。王使刺一针，针弗入。推之，重不可摇；加十余人举掷床下，若千斤石堕地者。旦而窥之，仍眠地上。醒而笑曰：『一场恶睡，堕床下不觉耶！』后女子辈每于其坐卧时，按之为戏，初按犹软，再按则铁石矣。

道士舍秀才家，恒中夜不归。尚锁其户，及旦启扉，道士已卧室中。初，尚与曲妓惠哥善，矢志嫁娶。惠雅善歌，弦索倾一时。鲁王闻其名，召入供奉，遂绝情好。每系念之，苦无由通。一夕问道士：『见惠哥否？』答言：『诸姬皆见，但不知其惠哥为谁。』尚述其貌，道其年，道士乃忆之。尚求转寄一语，道士笑曰：『我世外人，不能为君塞鸿。』尚哀之不已。道士展其袖曰：『必欲一见，请入此。』尚窥之中大如屋。伏身入，则光明洞彻，宽若厅堂；几案床榻，无物不有。居其内，殊无闷苦。道士入府，与王对弈。望惠哥至，阳以袍袖拂尘，惠哥已纳袖中，而他人不之睹也。尚方独坐凝想时，忽

有美人自檐间堕，视之惠哥也。两相惊喜，绸缪臻至。尚曰：『今日奇缘，不可不志。请与卿联之。』书壁上曰：『侯门似海久无踪[4]。』惠续云：『谁识萧郎今又逢[5]。』尚曰：『袖里乾坤真个大。』惠曰：『离人思妇尽包容。』书甫毕，忽有五人入，八角冠，淡红衣，认之都与无素。默然不言，捉惠哥去。尚惊骇，不知所由。道士既归，呼之出，问其情事，隐讳不以尽言。道士微笑，解衣反袂示之。尚审视，隐隐有字迹，细裁如虮[6]，盖即所题句也。后十数日，又求一入。前后凡三入。惠哥谓尚曰：『腹中震动，妾甚忧之，常以紧帛束腰际。府中耳目较多，倘一朝临蓐，何处可容儿啼？烦与巩仙谋，见妾三叉腰时，便一拯救。』尚诺之。归见道士，伏地不起。道士曳之曰：『所言，予已了了。但请勿忧。君宗祧赖此一线，何敢不竭绵薄。但自此不必复入。我所以报君者，原不在情私也。』后数月，道士自外入，笑曰：『携得公子至矣。可速把襁褓来！』尚妻最贤，年近三十，数胎而存一子；适生女，盈月而殇。闻尚言，惊喜自出。道士探袖出婴儿，酣然若寐，脐梗犹未断也。尚妻接抱，始呱呱而泣。

道士解衣曰：『产血溅衣，道家最忌。今为君故，二十年故物，一旦弃之。』尚为易衣。道士嘱曰：『旧物勿弃却，烧钱许，可疗难产，堕死胎。』尚从其言。居之又久，忽告尚曰：『所藏旧衲，当留少许自用，我死后亦勿忘也。』尚谓其言不祥。道士不言而去，入见王曰：『臣欲死！』王惊问之，曰：『此有定数，亦复何言。』王不信，强留之；手谈[7]一局急起，王又止之。请就外舍，从之。道士趋卧，视之已死。王具棺木，以礼葬之。尚临哭尽哀，如悟曩言盖先告之也。遗衲用催生，应如响，求者踵接于门。始犹以污袖与之；既而剪领衿，罔不效。及闻所嘱，疑妻必有产厄，断血布如掌，珍藏

之。会鲁王有爱妃临盆，三日不下，医穷于术，或有以尚生告者，立召入，一剂而产。王大喜，赠白金、彩缎良厚，尚悉辞不受。王问所欲，曰：『臣不敢言。』再请之，顿首曰：『如推天惠，但赐旧妓惠哥足矣。』王召之来，问其年，曰：『妾十八入府，今十四年矣。』王以其齿加长，命遍呼群妓，任尚自择，尚一无所好。王笑曰：『痴哉书生！十年前定婚嫁耶？』尚以实对。乃盛备舆马，仍以所辞彩缎为惠哥作妆，送之出。惠所生子，名之秀生。秀者，袖也。是时年十一矣。日念仙人之恩，清明则上其墓。有久客川中者，逢道人于途，出书一卷曰：『此府中物，来时仓猝，未暇璧返，烦寄去。』客归，闻道人已死，不敢达王，尚代奏之。王展视，果道士所借。疑之，发其冢，空棺耳。后尚子少殇，赖秀生承继，益服巩之先知云。

异史氏曰：袖里乾坤，古人之寓言耳，岂真有之耶？抑何其奇也！中有天地、有日月，可以娶妻生子，而又元催科之苦，人事之烦，则袖中虮虱，何殊桃源鸡犬哉！设容人常住，老于是乡可耳。

注释 ①阍人：守门人。②中贵人：宦官的别称。宦官在宫中擅宠专幸，故称。③吊场：传统戏剧在场上其他角色都未上场时，先由一两个次要人物上场，介绍剧情，以帮助观众了解。④侯门似海久无踪：意谓惠哥一入鲁王府就不见踪影。《云溪友议》载：唐代诗人崔郊与其姑妈的婢女相恋，后来这位婢女被主人所卖。寒食节时崔郊与她偶然相遇，赠诗云：『公子王孙逐后尘，绿珠垂泪滴罗巾。侯门一入深如海，从此萧郎是路人。』⑤谁识萧郎今又逢：意谓想不到又遇见了尚秀才。萧郎，旧时女子对所爱恋的男子的称呼。⑥虮：虱子的卵。⑦手谈：对弈，下围棋。古人称下围棋为『坐隐』或『手谈』。

二商

莒人商姓者，兄富而弟贫，邻垣而居。康熙间，岁大凶，弟朝夕不自给。一日，日向午，尚未举火，枵腹蹀躞，无以为计。妻令往告兄，商曰：『无益。脱兄怜我贫也，当早有以处此矣。』妻固强之，商便使其子往。少顷空手而返。商曰：『何如哉！』妻详问阿伯云何，子曰：『伯踌躇目视伯母，伯母

告我曰：「兄弟析居，有饭各食，谁复能相顾也。」夫妻无言，暂以残盎败榻，少易糠秕而生。

里中三四恶少，窥大商饶足，夜逾垣入。夫妻警寤，鸣盥器而号。邻人共嫉之，无援者。不得已疾呼二商，商闻嫂鸣欲趋救，妻止之，大声对嫂曰：『兄弟析居，有祸各受，谁复能相顾也！』俄，盗破扉，执大商及妇炮烙之，呼声綦惨。二商曰：『彼固无情，焉有坐视兄死而不救者！』率子越垣，大声疾呼。二商父子故武勇，人所畏惧，又恐惊致他援，盗乃去。视兄嫂两股焦灼，扶榻上，招集婢仆，乃归。

大商虽被创，而金帛无所亡失，谓妻曰：『今所遗留，悉出弟赐，宜分给之。』妻曰：『汝有好兄弟，不受此苦矣！』商乃不言。二商家绝食，谓兄必有一报，久之寂不闻。妇不能待，使子捉囊往从贷，得斗粟而返。妇怒其少欲反之，二商止之。逾两月，贫馁愈不可支。二商曰：『今无术可以谋生，不如鬻宅于兄。兄恐我他去，或不受券而恤焉，未可知；纵或不然，得十余金，亦可存活。』妻以为然，遣子操券诣大商。大商告之妇，且曰：『弟即不仁，我手足也。彼去则我孤立，不如反其券而周之。』妻曰：『不然，彼言去，挟我也；果尔，则适堕其谋。世间无兄弟者，便都死却耶？我高葺墙垣，亦足自固。不如受其券，从所适，亦可以

二商

兄弟怡怡樂孔懷，婦言偏使兩情乖。二商友愛鍾天性，長舌安能作厲階

广吾宅。』计定，令二商押署券尾，付直而去。二商于是徙居邻村。

乡中不逞之徒，闻二商去，又攻之。复执大商，榜楚并兼，梏毒①惨至，所有金资，悉以赎命。盗临去，开廪呼村中贫者，恣所取，顷刻都尽。次日二商始闻，及奔视，则兄已昏愦不能语，开目见弟，但以手抓床席而已。少顷遂死。二商忿诉邑宰。盗首逃窜，莫可缉获。盗粟者百余人，皆里中贫民，州守亦莫如何。

大商遗幼子，才五岁，家既贫，往往自投叔所，数日不归；送之归，则啼不止。二商妇颇不加青眼。二商曰：『渠父不义，其子何罪？』因市蒸饼数枚，自送之。过数日，又避妻子，阴负斗粟于嫂，使养儿。如此以为常。又数年，大商卖其田宅，母得直足自给，二商乃不复至。后岁大饥，道馑相望，二商食指益繁，不能他顾。侄年十五，荏弱不能操业，使携篮从兄货胡饼②。一

夜梦兄至，颜色惨戚曰：『余惑于妇言，遂失手足之义。弟不念前嫌，增我汗羞。所卖故宅，今尚空闲，宜僦居之。屋后蓬颗下，藏有窖金，发之可以小阜。使丑儿相从，长舌妇余甚恨之，勿顾也。』既醒，异之。以重直啖第主，始得就，果发得五百金。从此弃贱业，使兄弟设肆廛间。侄颇慧，记算无讹，又诚悫③，凡出入一锱铢必告。二商益爱之。一日泣为母请粟，商妻欲勿与，二商念其孝，按月廪给之。数年家益富。大商妇病死，二商亦老，乃析侄，家资割半与之。

异史氏曰：闻大商一介不轻取与，亦狷洁自好者也。然妇言是听，愦愦不置一词，恝情骨肉④，卒以吝死。呜呼！亦何怪哉！二商以贫始，以素封终。为人何所长？但不甚遵阃教⑤耳。呜呼！一行不同，而人品遂异。

注释 ①梏毒：用酷刑折磨。梏，古时木制的手铐，此处指捆绑。毒，伤害，折磨。②胡饼：芝麻烧饼。胡，胡麻，即芝麻。相传烧饼的制作方法由胡地传入，故称。③悫：忠厚。④恝情骨肉：对亲兄弟也漠不关心。恝，感情冷

汉、无动于衷。⑤闻教：女人的指令。闻，闺闱，妇女所居的内室，借指妇人、妻子。

梅女

封云亭，太行人。偶至郡，昼卧寓屋。时年少丧偶，岑寂之下，颇有所思。凝视间，见墙上有女子影依稀如画，念必意想所致，而久之不动，亦不灭，异之。起视转真；再近之，俨然少女，容蹙舌伸，索环秀领，惊顾未已，冉冉欲下。知为缢鬼，然以白昼壮胆，不大畏怯。语曰：「娘子如有奇冤，小生可以极力。」影居然下，曰：「萍水之人①，何敢遽以重务浼君子。但泉下槁骸，舌不得缩，索不得除，求断屋梁而焚之，恩同山岳矣。」诺之，遂灭。呼主人来，问所见状，主人言：「此十年前梅氏故宅，夜有小偷入室，为梅所执，送诣典史②。典史受盗钱五百，诬其女与通，将拘审验，女闻自经。后梅夫妻相继卒，宅归于余。客往往见怪异，而无术可以靖之。」封以鬼言告主人。计毁舍易楹，费不资，故难之，封乃协力助作。

既就而复居之。梅女夜至，展谢已，喜气充溢，姿态嫣然。封爱悦之，欲与为欢。瞒然③而惭曰：「阴惨之气，非但不为君利，若此之为，则生前之垢，西江不可濯矣。会合有时，今日尚未。」问：「何时？」但笑不言。封问：「饮乎？」答曰：「不饮。」封

③《庄子·天地》：子贡瞒然惭，俯而不对。

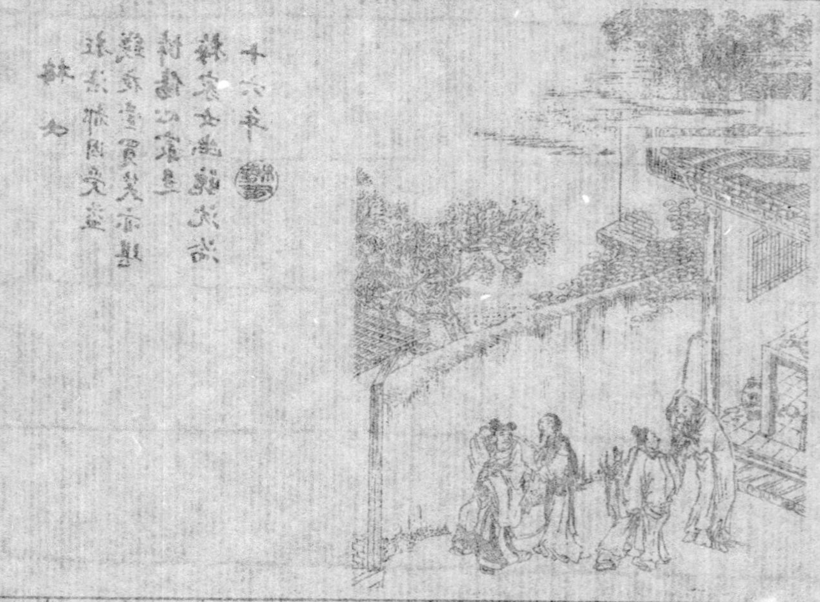

李清照《打马图经·打马赋》：独采选、打马，特为闺房雅戏。

曰：『对佳人闷眼相看，亦复何味？』女曰：『妾生平戏技，惟谙打马④。但两人寥落，夜深又苦无局。今长夜莫遣，聊与君为交线之戏。』封从之，促膝戟指，翻变良久，封迷乱不知所从，女辄口道而颐指之，愈出愈幻，不穷于术。封笑曰：『此闺房之绝技。』女曰：『此妾自悟，但有双线，即可成文，人自不之察耳。』更阑颇怠，强使就寝，曰：『我阴人不寐，请自休。妾少解按摩之术，愿尽技能，以侑清梦。』封从其请。女叠掌为之轻按，自顶及踵皆遍；手所经，骨若醉。既而握指细擂，如以团絮相触状，体畅舒不可言：擂至腰，口目皆慵；至股，则沉沉睡去矣。

及醒，日已向午，觉骨节轻和，殊于往日。心益爱慕，绕屋而呼之，并无响应。日夕女始至，封曰：『卿居何所，使我呼欲遍？』曰：『鬼无所，要在地下。』问：『地下有隙可容身乎？』曰：『鬼不见地，犹鱼不见水也。』封握

腕曰：『使卿而活，当破产购致之。』女笑曰：『无须破产。』戏至半夜，封苦逼之。女曰：『君勿缠我。有浙娼爱卿者，新寓北邻，颇极风致。明夕招与俱来，聊以自代，若何？』封允之。次夕，果与一少妇同至，年近三十已来，眉目流转，隐含荡意。三人狎坐，打马为戏。局终，女起曰：『嘉会方殷，我且去。』封欲挽之，飘然已逝。两人登榻，于飞甚乐。诘其家世，则含糊不以尽道，但曰：『郎如爱妾，当以指弹北壁，微呼曰：「壶卢子」，即至。三呼不应，可知不暇，勿更招也。』天晓，入北壁隙中而去。次日女来，封问爱卿，女曰：『被高公子招去侑酒，以故不得来。』因而剪烛共话。女每欲有所言，吻已启而辄止；固诘之，终不肯言，欷嘘而已。封强与作戏，四漏始去。自此二女频来，笑声彻宵旦，因而城社悉闻。

典史某，亦浙之世族，嫡室以私仆被黜。继娶顾氏，深相爱好，期月夭

殂，心甚悼之。闻封有灵鬼，欲以问冥世之缘，遂跨马造封。封初不肯承，某力求不已。封设筵与坐，诺为招鬼妓。日及曛，叩壁而呼，三声未已，爱卿即入。举头见客，色变欲走；封以身横阻之。某审视，大怒，投以巨碗，溘然而灭。封大惊，不解其故，方将致诘。俄暗室中一老妪出，大骂曰：『贪鄙贼！坏我家钱树子！三十贯索要偿也！』以杖击某，中颅。某抱首而哀曰：『此顾氏，我妻也！少年而殒，方切哀痛，不图为鬼不贞。于姥乎何与？』妪怒曰：『汝本浙江一无赖贼，买得条乌角带，鼻骨倒竖矣！汝居官有何黑白？袖有三百钱便而翁也！神怒人怨，死期已迫。汝父母代哀冥司，愿以爱媳入青楼⑤，代汝偿贪债，不知耶？』言已又击，某宛转哀鸣。方惊诧无从救解，旋见梅女自房中出，张目吐舌，颜色变异，近以长簪刺其耳。封惊极，以身障客。女愤不已，封劝曰：『某即有罪，倘死于寓所，则咎在小生。请少存投鼠之忌。』女乃曳妪曰：『暂假余息，为我顾封郎也。』某张皇鼠窜而去。至署患脑痛，中夜遂毙。

次夜，女出笑曰：『痛快！恶气出矣！』问：『何仇怨？』女曰：『曩已言之：受贿诬奸，衔恨已久。每欲浼君一为昭雪，自愧无纤毫之德，故将言而辄止。适闻纷拏，窃以伺听，不意其仇人也。』封讶曰：『此即诬卿者耶？』曰：『彼典史于此十有八年，妾冤殁十六寒暑矣。』问：『妪为谁？』曰：『老娼也。』又问爱卿，曰：『卧病耳。』因輾然曰：『妾昔谓会合有期，今真不远矣。君尝愿破家相赎，犹记否？』封曰：『今日犹此心也。』女曰：『实告君：妾殁日，已投生延安展孝廉家。徒以大怨未伸，故迁延于是。请以新帛作鬼囊，俾妾得附君以往，就展氏求婚，计必允谐。』封虑势分悬殊，恐将不遂。女曰：『但去无忧。』封从其言。女嘱曰：『途中慎勿相唤；待合卺

刘邈《万山见采桑人》：倡妾不胜愁，结束下青楼。

《孟子·告子上》：平旦之气其好恶与人相近也者几希，则其旦昼之所为，有牿亡之矣。牿之反复，则其夜气不足以存。夜气不足以存，则其违禽兽不远矣。

之夕，以囊挂新人首，急呼曰：「勿忘勿忘！」封诺之。才启囊，女跳身已入。

携至延安，访之，果有展孝廉，生一女，貌极端好，但病痴，又常以舌出唇外，类犬喘日。年十六岁无问名者，父母忧念成痗。封到门投刺，具通族阀。既退，托媒。展喜，赘封于家。女痴绝，不知为礼，使两婢扶曳归所。群婢既去，女解衿露乳，对封憨笑。封覆囊呼之，女停眸审顾，似有疑思。封笑曰：「卿不识小生耶？」举之囊而示之。女乃悟，急掩衿，喜共燕笑。诘旦，封入谒岳。展慰之曰：「痴女无知，既承青眷，君倘有意，家中慧婢不乏，仆不靳相赠。」封力辨其不痴，展疑之。无何女至，举止皆佳，因大惊异。女但掩口微笑。展细诘之，女进退而惭于言，封为略述梗概。展大喜，爱悦逾于平时。使子大成与婿同学，供给丰备。年余，大成渐厌薄之，因而郎舅不相能，

厮仆亦刻疵其短。展惑于浸润，礼稍懈。女觉之，谓封曰：「岳家不可久居；凡久居者，尽阘茸也。及今未大决裂，宜速归！」封然之，告展。展欲留女，女不可。父兄尽怒，不给舆马，女自出妆资贳马归。后展招令归宁，女固辞不往。后封举孝廉，始通庆好。

异史氏曰：官卑者愈贪，其常情然乎？三百诬奸，夜气之牿亡尽矣⑥。夺嘉偶，入青楼，卒用暴死。吁！可畏哉！康熙甲子，贝丘典史最贪诈，民咸怨之。忽其妻被狡者诱与偕亡。或代悬招状云：「某官因自己不慎，走失夫人一名。身无余物，止有红绫七尺，包裹元宝一枚，翘边细纹，并无阙坏。」亦风流之小报。

注释 ①萍水之人：偶然相逢的人。浮萍随水漂泊，故用此比喻偶然相遇。王勃《滕王阁序》：「萍水相逢，尽是他乡之客。」②典史：官名。清代为知县的属官，掌管缉捕、狱囚等事，亦称县尉。③瞒然：惭愧的样子。《庄子·天地》：「子贡瞒然惭，俯而不对。」④打马：打双陆，为古时闺中流行的类似棋类的一种游戏。双陆的棋子称马，宋李清照《打马图经·打马赋》：「独采选、打马，特为闺房雅戏。」⑤青楼：妓院的别称。南朝刘邈《万山见采桑人》诗：「倡妾不胜愁，结束下青楼。」⑥夜气之牿亡尽矣：意谓丧尽天良。《孟子·告子上》：「平旦之气其好恶与人相近也者几希，则其旦昼之所为，有牿亡之矣。牿之反复，则其夜气

不足以存。夜气不足以存，则其违禽兽不远矣。」夜气，喻人未受物欲影响的澄明心境。牿，同「梏」，束缚，约束。

《史记·匈奴列传》：汉天子，我丈人行也。

阿英

甘玉字璧人，庐陵①人，父母早丧。遗弟珏字双璧，始五岁从兄鞠养。玉性友爱，抚弟如子。后珏渐长，丰姿秀出，又惠能文。玉益爱之，每曰：『吾弟表表②，不可以无良匹。』然简拔过刻，姻卒不就。适读书匡山③僧寺，夜初就枕，闻窗外有女子声。窥之，见三四女郎席地坐，数婢陈设酒，皆殊色也。一女曰：『秦娘子，阿英何不来？』下坐者曰：『昨自函谷来，被恶人伤右臂，不能同游，方用恨恨。』一女曰：『前宵一梦大恶，今犹汗悸。』下坐者摇手曰：『莫道，莫道！今宵姊妹欢会，言之吓人不快。』女笑曰：『婢子何胆怯尔尔！便有虎狼衔去耶？若要勿言，须歌一曲，

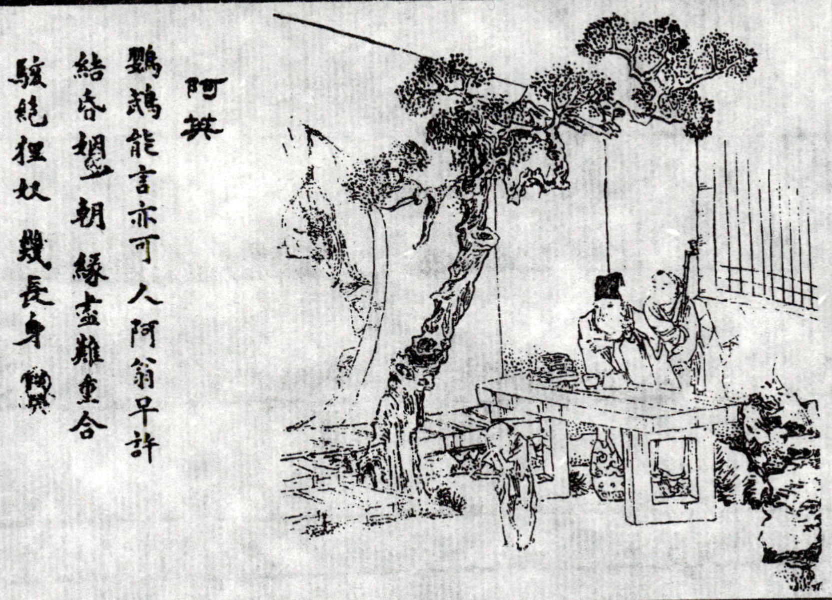

为娘行④侑酒。』女低吟曰：『闲阶桃花取次开，昨日踏青小约未应乖。付嘱东邻女伴少待莫相催，着得凤头鞋子即当来。』吟罢，一座无不叹赏。

谈笑间，忽一伟丈夫岸然自外入，鹘睛荧荧，其貌狞丑。众啼曰：『妖至矣！』仓卒哄然，殆如鸟散。惟歌者婀娜不前，被执哀啼，强与支撑。丈夫吼怒，龁手断指，就便嚼食。女郎踣地若死。玉怜恻不可复忍，乃急袖剑拔关出，挥之中股；股落，负痛逃去。扶

《孟子·告子上》：养其一指而失其肩背，而不知也，则为狼疾人也。

女入室，面如尘土，血淋衿袖，验其手则右拇断矣，裂帛代裹之。女始呻曰：『拯命之德，将何以报？』玉自初窥时，心已隐为弟谋，因告以意。女曰：『狼疾之人⑤，不能操箕帚矣。当别为贤仲图之。』诘其姓氏，答言：『秦氏。』玉乃展衾，俾暂休养，自乃襆被他所。晓而视之，则床已空，意其自归。而访察近村，殊少此姓；广托戚朋，并无确耗。归与弟言，悔恨若失。

珏一日偶游涂野，遇一二八女郎，姿致娟娟，顾之微笑，似将有言。因以秋波四顾而后问曰：『君甘家二郎否？』曰：『然。』曰：『君家尊曾与妾有婚姻之约，何今日欲背前盟，另订秦家？』珏云：『小生幼孤，夙好都不曾闻，请言族阀，归当问兄。』女曰：『无须细道，但得一言，妾当自至。』珏以未禀兄命为辞，女笑曰：『騃郎君！遂如此怕哥子耶？妾陆氏，居东山望村。三日内当候玉音⑥。』乃别而去。珏归，述诸兄嫂。兄曰：『此大谬语！父殁时，我二十余岁，倘有是说，那得不闻？』又以其独行旷野，遂与男儿交语，愈益鄙之。因问其貌，珏红彻面颈不出一言。嫂笑曰：『想是佳人。』玉曰：『童子何辨妍媸？纵美，必不及秦；待秦氏不谐，图之未晚。』珏默而退。

逾数日，玉在途，见一女子零涕前行，垂鞭按辔而微睨之，人世殆无其匹。使仆诘焉，答曰：『我旧许甘家二郎；因家贫远徙，遂绝耗问。近方归，复闻郎家二三其德，背弃前盟。往问伯伯甘璧人，焉置妾也？』玉惊喜曰：『甘璧人，即我是也。先人曩约，实所不知。去家不远，请即归谋。』乃下骑授辔，步御以归。女自言：『小字阿英，家无昆季，惟外姊秦氏同居。』始悟丽者即其人也。玉欲告诸其家，女固止之。窃喜弟得佳妇，然恐其佻达招议。久之，女殊矜庄，又娇婉善言。母事嫂，嫂亦雅爱慕之。

力耳。』遂遍相诸婢，惟一黑丑者，有宜男相。乃唤与洗濯，已而以浓粉杂药末涂之，如是三日，面色渐黄；四七日，脂泽沁入肌理，居然可观。日惟闭门作笑，并不计及兵火。

一夜，噪声四起，举家不知所谋。俄闻门外人马鸣动，纷纷俱去。既明，始知村中焚掠殆尽；盗纵群队穷搜，凡伏匿岸穴者悉被杀掳。遂益德女，目之以神。女忽谓嫂曰：『妾此来，徒以嫂义难忘，聊分离乱之忧。阿伯行至，妾在此，如谚所云，非李非桃，可笑人也。我姑去，当乘间一相望耳。』嫂问：『行人无恙乎？』曰：『近中有大难。此无与他人事，秦家姊受恩奢，意必报之，固当无妨。』嫂挽之过宿，未明已去。玉自东粤归，闻乱，兼程进。途遇寇，主仆弃马，各以金束腰间，潜身丛棘中。一秦吉了飞集棘上，展翼覆之。视其足，缺一指，心异之。俄而群盗四合，绕莽殆遍，似寻之。二人气不敢息。盗既散，鸟始翔去。既归，各道所见，始知秦吉了即所救丽者也。

后值玉他出不归，英必暮至；计玉将归而早出。珏或会于嫂所，间邀之，则诺而不赴。一夕玉他往，珏意英必至；潜伏候之。未几英果来，暴起，要遮而归于室。女曰：『妾与君情缘已尽，强合之，恐为造物所忌。少留有余，时作一面之会，如何？』珏不听，卒与狎。天明诣嫂，嫂怪之。女笑云：『中途为强寇所劫，劳嫂悬望矣。』数语趋出。

居无何，有巨狸衔鹦鹉经寝门过。嫂骇绝，固疑是英。时方沐，辍洗急号，群起噪击，始得之。左翼沾血，奄存余息。把置膝头，抚摩良久，始渐醒。自以喙理其翼。少选，飞绕中室，呼曰：『嫂嫂，别矣！吾怨珏也！』振翼遂去，不复来。

注释 ①庐陵：古郡名。治所在今江西省吉安市。②表表：指超凡出众，不同寻常。③匡山：即江西省庐山。传说古人匡俗在此结庐而居，所以此山得名匡山、庐山或匡庐。④娘行：犹言『咱们』，妇女的自称之词。娘，妇女的通称，多指青年妇女。行，辈。《史记·匈奴列传》：『汉天子，我丈人行也。』⑤狼疾之人：指肢体残缺之人。《孟子·告子上》：『养其一指而失其肩背，而不知也，则为

狼疾人也。」狼疾，糊涂，此处借指身体残疾。⑥玉音：您的回信。玉，尊敬对方之词。⑦司李：即「司理」。北宋时置司理参军，掌各州狱讼之事。明代推官又称为「司理」。清初沿用明制，设推官和挂衔推官。⑧叔：丈夫的弟弟。《尔雅·释亲》：「夫之弟为叔」。⑨细匀铅黄：细心地为她涂脂抹粉。铅和黄，都是古代女子所用的化妆品。铅，铅粉。黄，雄黄之类的染料。六朝以来盛行黄额妆，在额间涂黄为饰。

青娥

霍桓字匡九，晋人也。父官县尉①，早卒。遗生最幼，聪惠绝人，十一岁以神童入泮②。而母过于爱惜，禁不令出庭户，年十三尚不能辨叔伯甥舅焉。同里有武评事③者，好道，入山不返。有女青娥，年十四，美异常伦。幼时窃读父书，慕何仙姑之为人，父既隐，立志不嫁，母无奈之。一日，生于门外瞥见之。童子虽无知，只觉爱之极，而不能言；直告母，使委禽焉。母知其不可故难之，生郁郁不自得。母恐拂儿意，遂托往来者致意武，果不谐。生行思坐筹，无以为计。会有一道士在门，手握小镵长裁尺许，生借阅一过，问：『将何用？』答云：『此劚药之具，物虽微，坚石可入。』生未深信。道士即以斫墙上石，应手落如腐。生大异之，把玩不释于手，道士笑曰：『公子爱之，即以奉赠。』生大喜，酬之以钱，不受而去。持归，历试砖石，略无隔阂。顿念穴墙则美人可见，而不知其非法也。更定逾垣而出，直至武第，凡穴两重垣，始达中庭。见小厢中尚有灯火，伏窥之，则青娥卸晚装矣。少顷烛灭寂无声，穿墉入，女已熟眠。轻解双

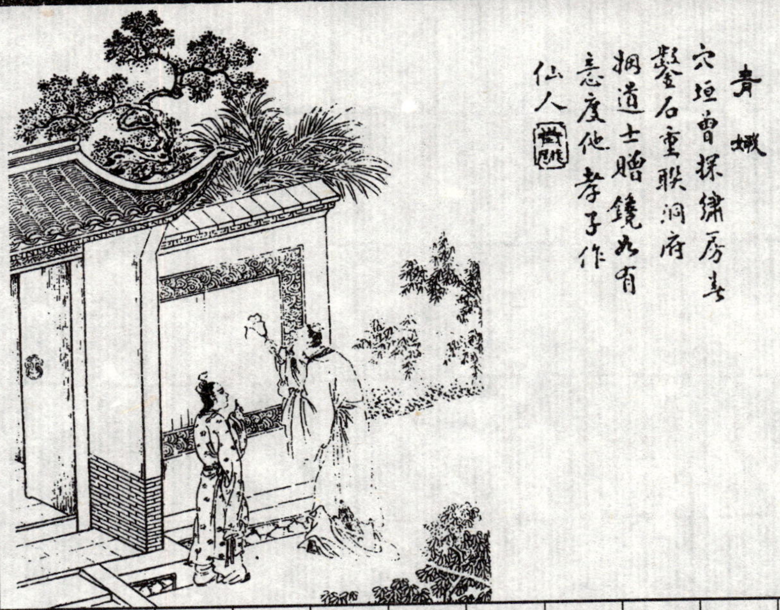

履，悄然登榻，又恐女郎惊觉，必遭呵逐，遂潜伏绣褶之侧，略闻香息，心愿窃慰。而半夜经营，疲殆颇甚，少一合眸，不觉睡去。女醒，闻鼻气休休，开目见穴隙亮入。大骇，暗中拔关轻出，敲窗唤家人妇，共爇火操杖以往。则见一总角书生酣眠绣榻，细审识为霍生。推之始觉，遽起，目灼灼如流星，似亦不大畏惧，但腼然不作一语。众指为贼，恐呵之。始出涕曰：『我非贼，实以爱娘子故，愿以近芳泽耳。』众又疑穴数重垣，非童子所能者。生出姞以言异，共试之，骇绝，讶为神授。将共告诸夫人，女俯首沉思，意似不以为可。众窥知女意，因曰：『此子声名门第，殊不辱玷。不如纵之使去，俾复求媒焉。诘旦，假盗以告夫人，如何也？』女不答。众乃促生行。生索姞，共笑曰：『骙儿童！犹不忘凶器耶？』生觑枕边，有凤钗一股，阴纳袖中。已为婢子所窥，急白之，女不言亦不怒。一媪拍颈曰：『莫道他骙，若意念乖绝也。』乃曳之，仍自窦中出。

既归，不敢实告母，但嘱母复媒致之。母不忍显拒，惟遍托媒氏，急为别觅良姻。青娥知之，中情皇急，阴使腹心者风示媪。媪悦，托媒往。会小婢漏泄前事，武夫人辱之，不胜恚愤。媒至，益触其怒，以杖画地，骂生并及其母。媒惧窜归，具述其状。生母亦怒曰：『不肖儿所为，我都梦梦。何遂以无礼相加！当交股时，何不将荡儿淫女一并杀却？』由是见其亲属，辄便披诉。女闻愧欲死，武夫人大悔，而不能禁之使勿言也。女阴使人婉致生母，且矢之以不他，其词悲切。母感之乃不复言，而论亲之媒，亦遂辍矣。

会秦中欧公宰是邑，见生文，深器之，时召入内署，极意优宠。一日问生：『婚乎？』答言：『未。』细诘之，对曰：『夙与故武评事女小有盟约，后以微嫌，遂致中寝。』问：『有愿之否？』生腼然不言。公笑曰：『我当为

刘向《九叹·远游》：日暾暾其西舍兮，阳焱焱而复顾。

子成之。」即委县尉教谕，纳币于武。夫人喜，婚乃定，逾岁娶归。女入门，乃以镜掷地曰：「此寇盗物，可将去！」生笑曰：「勿忘媒妁。」珍佩之，恒不去身。女为人温良寡默，一日三朝其母，余惟闭门寂坐，不甚留心家务。母或以吊庆他往，则事事经纪，罔不井井。年余生一子孟仙，一切委之乳保，似亦不甚顾惜。又四五年，忽谓生曰：「欢爱之缘，于兹八载。今离长会短，可将奈何！」生惊问之，即已默默，盛妆拜母，返身入室。追而诘之，则仰眠榻上而气绝矣。母子痛悼，购良材而葬之。母已衰迈，每每抱子思母，如摧肺肝，由是遘病，遂惫不起。逆害饮食，但思鱼羹，而近地则无，百里外始可购致。时厮骑皆被差遣，生性纯孝，急不可待，怀资独往，昼夜无停趾。返至山中，日已沉冥，两足跛踦，步不能咫。后一叟至，问曰：「足得毋泡乎？」生唯唯。叟便曳坐路隅，敲石取火，以纸裹药末熏生两足讫。试使行，不惟痛止，兼益矫健。感极申谢，叟问：「何事汲汲？」答以母病，因历道所由。叟问：「何不另娶？」答云：「未得佳者。」叟遥指山村曰：「此处有一佳人，倘能从我去，仆当为君作伐。」生辞以母病待鱼，姑不遑暇。叟乃拱手，约以异日入村但问老王，乃别而去。生归烹鱼献母，母略进，数日寻瘳。乃命仆马往寻叟，至旧处迷村所在。周章逾时，夕暾[4]渐坠，山谷甚杂，又不可以极望。乃与仆上山头，以瞻里落；而山径崎岖，苦不可复骑，跋履而上，昧色笼烟矣。蹀躞四望，更无村落。方将下山，而归路已迷，心中燥火如烧。荒窜间，冥堕绝壁，幸数尺下有一线荒台，坠卧其上，阔仅容身，下视黑不见底。惧极不敢少动。又幸崖边皆生小树，约体如栏。

移时，见足傍有小洞口，心窃喜，以背着石，螬行而入。意稍稳，冀天明可以呼救。少顷，深处有光如星点。渐近之，约三四里许，忽睹廊舍，并无釭

陶潜《咏二疏》：促席延故老，挥觞道平素。

烛，而光明若昼。一丽人自房中出，视之则青娥也。见生，惊曰：『郎何能来？』生不暇陈，抱袂呜恻。女劝止之，问母及儿，生悉述苦况，女亦惨然。生曰：『卿死年余，此得无冥间耶？』女曰：『非也，此乃仙府。曩时非死，所瘗一竹杖耳。郎今来，仙缘有分也。』因导令朝父，则一修髯丈夫坐堂上，生趋拜。女曰：『霍郎来。』翁惊起，握手略道平素⑤。曰：『婿来大好，分当留此。』生辞以母望，不能久留。翁曰：『我亦知之。但迟三数日，即亦何伤。』乃饵以肴酒，即令婢设榻于西堂，施锦裀焉。生既退，约女同榻寝，女却之曰：『此何处，可容狎亵？』生捉臂不舍。窗外婢子笑声嗤然，女益惭。方争拒间，翁入叱曰：『俗骨污吾洞府！宜即去！』生素负气，愧不能忍，作色曰：『儿女之情，人所不免，长者何当伺我？无难即去，但令女须便将去。』翁无辞，招女随之，启后户送之，赚生离门，父子阖扉去。回首峭壁姑岩，无少隙缝，只影茕茕，罔所归适。视天上斜月高揭，星斗已稀。怅怅良久，悲已而恨，面壁叫号，迄无应者。愤极，腰中出镵，凿石攻进，瞬息洞入三四尺许。隐隐闻人语曰：『孽障⑥哉！』生奋力凿益急。忽洞底豁开二扉，推娥出曰：『可去，可去！』壁即复合。女怨曰：『既爱我为妇，岂有待丈人如此者？是何处老道士授汝凶器，将人缠混欲死？』生得女，意愿已慰，不复置辩，但忧路险难归。女折两枝，各跨其一即化为马，行且驶，俄顷至家。时失生已七日矣。初，生之与仆相失也，觅之不得，归而告母。母遣人穷搜山谷，并无踪绪。正忧惶所，闻子自归，欢喜承迎。举首见妇，几骇绝。生略述之，母益忻慰。女以形迹诡异，虑骇物听，求即播迁，母从之。异郡有别业，刻期徙往，人莫之知。

偕居十八年，生一女，适同邑李氏。后母寿终。女谓生曰：『吾家茅田中

有雉抱八卵，其地可葬，汝父子扶榇归窆。儿已成立，宜即留守庐墓，无庸复来。』生从其言，葬后自返。月余孟仙往省之，而父母俱杳。问之老奴，则云：『赴葬未还。』心知其异，浩叹而已。

孟仙文名甚噪，而困于场屋，四旬不售。后以拔贡入北闱，遇同号生⑦，年可十七八，神采俊逸，爱之。视其卷，注顺天廪生霍仲仙。瞪目大骇，因自道姓名。仲仙亦异之，便问乡贯，孟悉告之。仲仙喜曰：『弟赴都时，父嘱文场中如逢山右霍姓者，吾族也，宜与款接，今果然矣。顾何以名字相同如此？』孟仙因诘高、曾，并严、慈姓讳，已而惊曰：『是我父母也！』仲仙疑年齿之不类。孟仙曰：『我父母皆仙人，何可以貌信其年岁乎？』因述往迹，仲仙始信。

场后不暇休息，命驾同归。才到门，家人迎告，是夜失太翁及夫人所在。

两人大惊。仲仙入而询诸妇，妇言：『昨夕尚共杯酒，母谓：「汝夫妇少不更事。明日大哥来，吾无虑矣。」早旦入室，则阒无人矣。』兄弟闻之，顿足悲哀。仲仙犹欲追觅，孟仙以为无益，乃止。是科仲领乡荐。以晋中祖墓所在，从兄而归。犹冀父母尚在人间，随在探访，而终无踪迹矣。

异史氏曰：钻穴眠榻，其意则痴；凿壁骂翁，其行则狂；仙人之撮合之者，惟欲以长生报其孝耳。然既混迹人间，狎生子女，则居而终焉，亦何不可？乃三十年而屡弃其子，抑独何哉？异已！

注释 ①县尉：掌管一县刑狱缉捕之事。明代废县尉，以典史替之，后世因称典史为县尉。②以神童入泮：此指天资聪颖的儿童考中秀才。神童，智力过人的儿童。唐宋时科举考试特设有童子科，应试者称「应神童试」，有年龄限制。明代设童生试，则不论年龄大小。霍桓年仅11岁就考中秀才，故称之为「神童」。③评事：官名，掌管评审刑狱。汉置廷尉评，隋以后称评事，属大理寺。明清分设左右评事。④夕暾：夕阳。暾，本指初升的太阳，此处指阳光。刘向《九叹·远游》：「日暾暾其西舍兮，阳焱焱而复顾。」⑤道平素：话家常。平素，指平日的事情，陶潜《咏二疏》：「促席延故老，挥觞道平素。」⑥孽障：同「业障」。佛家称过去做的恶事所造成的不良后果。后来成为骂人的话，意思是祸患。⑦同号生：贡院中同一号舍的考生。贡院为应试士子考试、住宿之所，内分若干巷舍，并按《千字文》编号。每一号巷舍多则近百间，少则五六十间，每个考生占用一间。

仙人岛

王勉字黾斋，灵山人。有才思，屡冠文场，心气颇高，善诮骂，多所凌折。偶遇一道士，视之曰：『子相极贵，然被「轻薄孽」折除几尽矣。以子智慧，若反身修道，尚可登仙籍。』王嗤曰：『福泽诚不可知，然世上岂有仙人！』道士曰：『子何见之卑？无他求，即我便是仙耳。』王乃益笑其诬。道士曰：『我何足异。能从我去，真仙数十，可立见之。』问：『在何处？』曰：『咫尺耳。』遂以杖夹股间，即以一头授生，令如己状。嘱合眼，呵曰：『起！』觉杖粗如五斗囊，凌空翕飞，潜扪之，鳞甲齿齿焉。骇惧，不敢复动。移时，又呵曰：『止！』即抽杖去，落巨宅中，重楼延阁，类帝王居。有台高丈余，台上殿十一楹，弘丽无比。道士曳客上，即命童子设筵招宾。殿上列数十筵，铺张炫目。道士易盛服以伺。少顷，诸客自空中来，所骑或龙、或虎、或鸾凤，不一类。又各携乐器。有女子，有丈夫，有赤其两足。中独一丽者跨彩凤，宫样妆束，有侍儿代抱乐具，长五尺以来，非琴非瑟，不知其名。酒既行，珍肴杂错，入口甘芳，并异常馐。王默然寂坐，惟目注丽者，然心爱其人，而又欲闻其乐，窃恐其终不一弹。酒阑，一叟倡言曰：『蒙崔真人雅召，今日可云盛会，自宜尽欢。请以器之同者，共队为曲。』于是各合配旅。丝竹之声，响彻云汉。独有

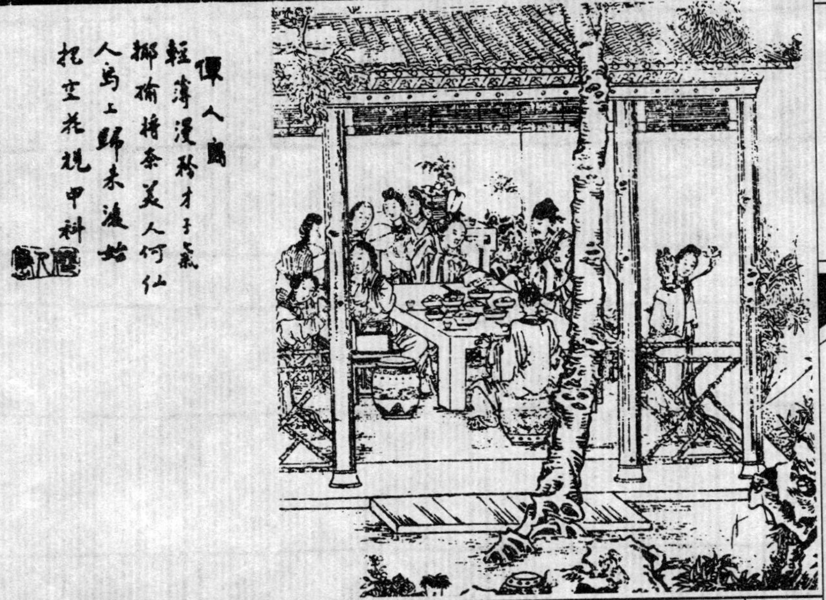

王勉，字黾斋，灵山人。有才思，屡冠文场。心气颇高，善诮骂，多所凌折。偶遇一道士，视之曰：「子相极贵，然被「薄孽」折除几尽矣。以子智慧，若反身修道，尚可登仙籍。」王嗤曰：「福泽诚不可知，然世上岂有仙人！」道士曰：「子何见之卑？无他求，即我便是仙耳。」王乃益笑其诬。道士曰：「我何足异。能从我去，真仙数十，可立见之。」问：「在何处？」曰：「咫尺耳。」遂以杖夹股间，即以一头授生，令如己状，嘱合眼，呵曰：「起！」觉杖粗如五斗囊，凌空翕飞。潜扪之，鳞甲齿齿焉。骇惧，不敢复动。移时，又呵曰：「止！」即抽杖去，落巨宅中，重楼延阁，类帝王居。有台高丈余，台上殿十一楹，弘丽无比。道士曳客上，即命童子设筵招宾。殿上列数十筵，铺张炫目。道士易盛服以伺。少顷，诸客自空中来，所骑

或龙，或虎，或鸾凤，不一类。又各携乐器。有女子，有丈夫，有赤其两足。中独一丽者跨彩凤，宫样妆束，有侍儿代抱乐具，长五尺以来，非琴非瑟，不知其名。酒既行，珍肴杂错，入口甘芳，并异常馐。王默然寂坐，惟目注丽者；然心爱其人，而又欲闻其乐，窃恐其终不一弹。酒阑，一叟倡言曰：「蒙崔真人雅召，今日可云盛会，自宜尽欢。请以器之同者，共队为曲。」于是各各合配旋。丝竹之声，响彻云汉。独有

跨凤者，乐伎无偶。群声既歇，侍儿始启绣囊横陈几上。女乃舒玉腕，如掐筝状，其亮数倍于琴，烈足开胸，柔可荡魄。弹半炊许，合殿寂然，无有咳者。既阕，铿尔一声，如击清磬。共赞曰：「云和夫人①绝技哉！」大众皆起告别，鹤唳龙吟，一时并散。

道士设宝榻锦衾，备生寝处。王初睹丽人心情已动，闻乐之后涉想犹劳②；念己才调，自合芥拾青紫③，富贵后何求弗得；顷刻百绪，乱如蓬麻。道士似已知之，谓曰：「子前身与我同学，后缘意念不坚，遂坠尘网。仆不自他于君，实欲拔出恶浊；不料迷晦已深，梦梦不可提悟。今当送君行。未必无复见之期，然作天仙须再劫④矣。」遂指阶下长石，令闭目坐，坚嘱无视。已，乃以鞭驱石。石飞起，风声灌耳，不知所行几许。忽念下方景界未审何似，隐将两眸微开一线，则见大海茫茫，浑无边际。大惧，即复合，而身已随石俱堕，砰然一响，汩没若鸥。

幸夙近海，略诸泅浮。闻人鼓掌曰：「美哉跌乎！」危殆方急，一女子援登舟上，且曰：「吉利，吉利，秀才「中湿」矣！」视之，年可十六七，颜色艳丽。王出水寒栗，求火燎之。女子言：「从我至家，当为处置。苟适意，勿相忘。」王曰：「是何言哉！我中原才子，偶遭狼狈，过此图以身报，何但不忘！」女子以棹催艇，疾如风雨，俄已近岸。于舱中携所采莲花一握，导与俱去。

半里许入村，见朱户南开，进历数重门，女子先驰入。少间，一丈夫出，是四十许人，揖王升阶，命侍者取冠袍袜履，为王更衣。既，询邦族。王曰：「某非相欺，才名略可听闻。崔真人切切眷恋，招升天阙。自分功名反掌，以故不愿栖隐。」丈夫起敬曰：「此名仙人岛，远绝人世。文若姓桓，世居幽僻，

《汉书·夏侯胜传》：经术苟明，其取青紫如俯拾地芥耳。

何幸得近名流。』因而殷勤置酒。又从容而言曰：『仆有二女，长者芳云年十六矣，只今未遭良匹，欲以奉侍高人，如何？』王意必采莲人，离席称谢。桓命于邻党中，招二三齿德⑤来。顾左右，立唤女郎。无何，异香浓射，美姝十余辈，拥芳云出，光艳明媚，若芙蕖之映朝日。拜已即坐，群姝列侍，则采莲人亦在焉。

酒数行，一垂髫女自内出，仅十余龄，而姿态秀曼，笑依芳云肘下，秋波流动。桓曰：『女子不在闺中，出作何务？』乃顾客曰：『此绿云，即仆幼女。颇惠，能记典、坟矣。』因令对客吟诗，遂诵竹枝词三章，娇婉可听，便令傍姊隅坐。桓因谓：『王郎天才，宿构必富，可使鄙人得闻教乎？』王即慨然颂近体一作，顾盼自雄，中二句云：『一身剩有须眉在，小饮能令块磊消。』邻叟再三诵之。芳云低告曰：『上句是孙行者离火云洞，下句是猪八戒过子母河也。』一座抚掌。桓请其他，王述《水鸟》诗云：『潴头鸣格磔，……』忽忘下句。甫一沉吟，芳云向妹呫呫耳语，遂掩口而笑。绿云告父曰：『渠为姊夫续下句矣。云：「狗腚响弸巴。」』合席粲然。王有惭色。桓顾芳云：怒之以目。

王色稍定，桓复请其文艺。王意世外人必不知八股业，乃炫其冠军之作，题为《孝哉闵子骞》二句，破云：『圣人赞大贤之孝……』绿云顾父曰：『圣人无字门人者，「孝哉……」一句，即是人言。』王闻之，意兴索然。桓笑曰：『童子何知！不在此，只论文耳。』王乃复诵，每数句，姊妹必相耳语，似是月旦之词，但嚅嗫不可辨。王诵至佳处，兼述文宗评语，有云：『字字痛切。』绿云告父曰：『姊云：「宜删『切』字。」』众都不解。桓恐其语嫚，不敢研诘。王诵毕，又述总评，有云：『羯鼓一挝，则万花齐落。』芳云又掩口语妹，

《汉书·武帝纪》载：古之立教，乡里以齿，朝廷以爵，扶世导民，莫善于德。

《史记·吕后本纪》：太后乃恐，自起泛孝惠卮。

两人皆笑不可仰。绿云又告曰：『姊云：「羯鼓当是四挝。」』众又不解。绿云启口欲言。芳云忍笑诃之曰：『婢子敢言，打煞矣！』众大疑，互有猜论。绿云不能忍，乃曰：『去「切」字，言「痛」则「不通」。鼓四挝，其声云「不通又不通」也。』众大笑。桓怒诃之，因而自起泛卮⑥，谢过不遑。

王初以才名自诩，目中实无千古，至此神气沮丧，徒有汗淫。桓谀而慰之曰：『适有一言，请席中属对焉：「王子身边，无有一点不似玉。」』众未措想，绿云应声曰：『黾翁头上，再着半夕即成龟。』芳云失笑，呵手扭胁肉数四。绿云解脱而走，回顾曰：『何预汝事！汝骂之频频不以为非，宁他人一句便不许耶？』桓咄之，始笑而去。邻叟辞别。

诸婢导夫妻入内寝，灯烛屏榻，陈设精备。又视洞房中，牙签⑦满架，靡书不有。略致问难，响应无穷。王至此，始觉望洋堪羞⑧。女唤『明珰』，则采莲者趋应，由是始识其名。屡受诮辱，自恐不见重于闺闼；幸芳云语言虽虐，而房帏之内，犹相爱好。王安居无事，辄复吟哦。女曰：『妾有良言，不知肯嘉纳否？』问：『何言？』曰：『从此不作诗，亦藏拙之一道也。』王大惭，遂绝笔。

久之，与明珰渐狎，告芳云曰：『明珰与小生有拯命之德，愿少假以辞色。』芳云乃即许之。每作房中之戏，招与共事，两情益笃，时色授而手语之。芳云微觉，责词重叠，王惟喋喋，强自解免。一夕对酌，王以为寂，劝招明珰。芳云不许，王曰：『卿无书不读，何不记「独乐乐」数语？』芳云曰：『我言君不通，今益验矣。句读尚不知耶？「独要，乃乐于人要；问乐，孰要乎？」曰：「不。」』一笑而罢。适芳云姊妹赴邻女之约，王得间，急引明珰，绸缪备至。当晚，觉小腹微痛，痛已而前阴尽肿。大惧，以告芳云。云笑曰：

「必明跳之恩报矣！」王不敢隐，实供之。芳云曰：「自作之殃，实无可以方略。既非痛痒，听之可矣。」数日不瘳，优闷寡欢。芳云知其意，亦不问讯，但凝视之，秋水盈盈，朗若曙星⑨。王曰：「卿所谓『胸中正，则眸子瞭焉』。」芳云笑曰：「卿所谓『胸中不正，则眸子眸焉』。」盖「没有」之「没」，俗读似「眸」，故以此戏之也。王失笑，哀求方剂。曰：「君不听良言，前此未必不疑妾为妒意。不知此婢，原不可近。曩实相爱，而君若东风之吹马耳，故唾弃不相怜。无已，为若治之。然医师必审患处。」乃探衣而咒曰：「『黄鸟黄鸟，无止于楚！』」王不觉大笑，笑已而瘳。

逾数月，王以亲老子幼，每切怀忆，以意告女。女曰：「归即不难，但会合无日耳。」王涕下交颐，哀与同归，女筹思再三，始许之，桓翁张筵祖饯。绿云提篮入，曰：「姊姊远别，莫可持赠。恐至海南，无以为家，夙夜代营宫室，勿嫌草创。」芳云拜而受之。近而审谛，则用细草制为楼阁，大如橼，小如橘，约二十余座，每座梁栋榱题历历可数，其中供帐床榻类麻粒焉。王儿戏视之，而心窃叹其工。芳云曰：「实于君言：我等皆是地仙⑩。因有夙分，遂得陪从。本不欲践红尘，徒以君有老父，故不忍违。待父天年，须复还也。」王敬诺。桓乃问：「陆耶？舟耶？」王以风涛险，愿陆。出则车马已候于门。谢别而迈，行踪骛驶。俄至海岸，王心虑其无途。芳云出素练一匹，望南抛去，化为长堤，其阔盈丈。瞬息驰过，堤亦渐收。至一处，潮水所经，四望辽邈。芳云止勿行，下车取篮中草具，偕明珰数辈，布置如法，转眼化为巨第。并入解装，则与岛中居无稍差殊，洞房内几榻宛然。时已昏暮，因止宿焉。

早旦，命王迎养。王命骑趋诣故里，至则居宅已属他姓。问之里人，始知

《抱朴子·论仙》：按《仙经》云：上士举形升虚，谓之天仙；中士游于名山，谓之地仙；下士先死后蜕，谓之尸解。

母及妻皆已物故，惟老父尚存。子善博，田产并尽，祖孙莫可栖止，暂僦居于西村。王初归时，尚有功名之念，不恝于怀；及闻此况，沉痛大悲，自念富贵纵可携取，与空花何异。驱马至西村见父，衣服滓敝，衰老堪怜。相见，各哭失声；问不肖子，则出赌未归。王乃载父而还。芳云朝拜已毕，燂汤请浴，进以锦裳，寝以香舍。又遥致故老与谈宴，享奉过于世家。子一日寻至其处，王绝之不听入，但予以廿金，使人传语曰：『可持此买妇，以图生业。再来，则鞭打立毙矣！』子泣而去。王自归，不甚与人通礼；然故人偶至，必延接盘桓，撝过于平时。独有黄子介，夙与同门学，亦名士之坎坷者，王留之甚久，时与秘语，赂遗甚厚。居三四年，王翁卒，王万钱卜兆，营葬尽礼。时子已娶妇，妇束男子严，子赌亦少间矣；是日临丧，始得拜识姑嫜。芳云一见，许其能家，赐三百金为田产之费。翼日，黄及子同往省视，则舍宇全渺，不知所在。

异史氏曰：佳丽所在，人且于地狱中求之，况享受无穷乎？地仙许携姝丽，恐帝阙下虚无人矣。轻薄减其禄籍，理固宜然，岂仙人遂不之忌哉？彼妇之口，抑何其虐也！

注释 ①云和夫人：传说中善于弹琴的仙女名。云和，山名，出产琴材，因此称琴。《周礼·春官·大司乐》：「孤竹之管，云和之琴瑟。」②涉想犹劳：思念不已。涉想，想象。何逊《为衡山侯与妇书》：「帐前微笑，涉想犹存。」③芥拾青紫：意谓谋取高官就像从地上捡起芥草一样容易。《汉书·夏侯胜传》：「经术苟明，其取青紫如俯拾地芥耳。」青紫，汉三公（丞相、太尉、御史大夫）官印上的绶带。④再劫：遭受两次劫数。劫，梵语音译，指极为久远的时节。佛家对「劫」的说法众说纷纭。《法苑珠林·劫量述意》：「夫劫者，盖是纪时之名，犹年号耳。」⑤齿德：年高德劭的长者。齿，年齿，年龄。《汉书·武帝纪》载：「古之立教，乡里以齿，朝廷以爵，扶世导民，莫善于德。」⑥泛卮：把酒斟满。卮，圆形酒器。《史记·吕后本纪》：「太后乃恐，自起泛孝惠卮。」⑦牙签：象牙所制的书签，此处指书函。⑧望洋堪羞：指因孤陋寡闻而惭愧。望洋，仰视的样子。《庄子·秋水》：「（河伯）顺流而东行，至于北海，东面而视，不见水端。于是焉河伯始旋其面目，望洋向若而叹曰：『野语有之，曰：闻道百以为莫己若者，我之谓也。』」⑨『秋水』二句：意谓眼波像辰星一样清澈。秋水，喻眼波。盈盈，水清澈的样子。⑩地仙：指住在人间的仙人。葛洪《抱朴子·论仙》：「按《仙经》云：上士举形升虚，谓之天仙；中士游于名山，谓之地仙；下士先死后蜕，谓之尸解。」

柳生

周生，顺天宦裔也，与柳生善。柳得异人之传，精袁许之术①。尝谓周

曰：『子功名无分，万锺之资尚可以人谋，然尊阃薄相，恐不能佐君成业。』

未几妇果亡，家室萧条，不可聊赖。因诣柳，将以卜姻。入客舍坐良久，柳归内不出。呼之再三，始方出，曰：『我日为君物色佳偶，今始得之。适在内作小术，求月老系赤绳耳。』周喜问之，答曰：『甫有一人携囊出，遇之否？』曰：『遇之。褴褛若丐。』周曰：『此君岳翁，宜敬礼之。』周曰：『缘相交好，遂谋隐密，何相戏之甚也！仆即式微，犹是世裔，何至下昏于市侩？』柳曰：『不然。犁牛尚有子，何害？』周问：『曾见其女耶？』答曰：『未也。我素与无旧，姓名亦问讯知之。』周笑曰：『尚未知犁牛，何知其子？』柳曰：『我以数②信之，其人凶而贱，然当生厚福之女。但强合之必有大厄，容复禳之。』周既归，未肯以其言为信，诸方觅之，迄无一成。

柳生

柳生精袁许之术，欲为周生觅佳偶。等到寻得佳人富贵时，柳生却不知所适。

一日柳生忽至，曰：『有一客，我已代折简矣。』问：『为谁？』曰：『且勿问，宜速作黍。』周不谕其故，如命治具。俄客至，盖傅姓营卒也。心内不合，阳浮道与之；而柳生承应甚恭。少间酒肴既陈，杂恶草具进。柳起告客：『公子向慕已久，每托某代访，曩夕始得晤。又闻不日远征，立刻相邀，可谓仓卒主人矣。』饮间傅忧马病不可骑，柳亦俯首为之筹思。既而客去，柳让周曰：『千金不能买此友，何乃视之

漠漠？」借马骑归，因假周命，登门持赠傅。周既知，稍稍不快，已无如何。

过岁将如江西，投臬司幕。诣柳问卜，柳言：「大吉！」周笑曰：「我意无他，但薄有所猎，当购佳妇，几幸前言之不验也，能否？」柳云：「并如君愿。」及至江西，值大寇叛乱，三年不得归。后稍平，选日遵路，中途为土寇所掠，同难人七八位，皆劫其金资释令去，惟周被掳至巢。盗首诘其家世，因曰：「我有息女，欲奉箕帚，当即无辞。」周不答，盗怒，立命枭斩。周惧，思不如暂从其请，因从容而弃之。遂告曰：「小生所以踟蹰者，以文弱不能从戎，恐益为丈人累耳。如使夫妇得相将俱去，恩莫厚焉。」盗曰：「我方忧女子累人，此何不可从也。」引入内，妆女出见，年可十八九，盖天人也。当夕合卺，深过所望。细审姓氏，乃知其父即当年荷囊人也。因述柳言，为之感叹。

过三四日，将送之行，忽大军掩至，全家皆就执缚。有将官三员监视，已将妇翁斩讫，寻次及周。周自分已无生理，一员审视曰：「此非周某耶？」盖傅卒已军功授副将军矣。谓僚曰：「此吾乡世家名士，安得为贼。」解其缚，问所从来。周诡曰：「适从江臬娶妇而归，不意途陷盗窟，幸蒙拯救，德戴二天！但室人离散，求借洪威，更赐瓦全。」傅命列诸俘，令其自认，得之。饷以酒食，助以资斧，曰：「曩受解骖之惠，旦夕不忘。但抢攘间，不遑修礼，请以马二匹、金五十两，助君北旋。」又遣二骑持信矢③护送之。

途中，女告周曰：「痴父不听忠告，母氏死之。知有今日久矣，所以偷生旦暮者，以少时曾为相者所许，冀他日能收亲骨耳。某所窖藏巨金，可以发赎父骨，余者携归，尚足谋生产。」嘱骑者候于路，两人至旧处，庐舍已烬，于灰火中取佩刀掘尺许，果得金，尽装入橐，乃返。以百金赂骑者，使瘗翁尸，

又引拜母冢，始行。至直隶界，厚赐骑者而去。周久不归，家人谓其已死，恣意侵冒，粟帛器具，荡无存者。闻主人归，大惧，哄然尽逃；只有一妪、一婢、一老奴在焉。周以出死得生，不复追问。及访柳，则不知所适矣。

女持家逾于男子，择醇笃者授以资本，而均其息。每诸商会计于檐下，女垂帘听之，盘中误下一珠，辄指其讹。内外无敢欺。数年伙商盈百，家数十巨万矣。乃遣人移亲骨厚葬之。

异史氏曰：月老可以贿嘱，无怪媒妁之同于牙侩④矣。乃盗也而有是女耶？培塿无松柏，此鄙人之论耳。妇人女子犹失之，况以相天下士哉！

注释 ①袁许之术：即相人之术。袁许，泛指相术家。袁，指袁天纲，唐代成都人。许，指许负，汉初河内温（今河南温县）人。②数：命数，运数。③信矢：作为信物的令箭。④牙侩：牙人。旧时集市上为买卖双方说合牵线，从中赚取佣金的人。

宦娘

温如春，秦之世家也。少癖嗜琴，虽逆旅未尝暂舍。客晋，经由古寺，系马门外，暂憩止。入则有布衲道人，趺坐廊间，筇杖倚壁，花布囊琴。温触所好，因问：『亦善此也？』道人云：『顾不能工，愿就善者学之耳。』遂脱囊授温，视之，纹理佳妙，略一勾拨，清越异常。喜为抚一短曲，道人微笑，似未许可。温乃竭尽所长，道人哂曰：『亦佳，亦佳！但未足为贫道师也。』温以其言夸，转请之。道人接置膝上，裁拨动，觉和风自来；又顷之，百鸟群集，庭树为满。温惊极，拜请受业。道人三复之，温侧耳倾心，稍稍会其节奏。道人试使弹，点正疏节，曰：『此尘间已无对矣。』温由是精心刻画，遂称绝技。

后归程，离家数十里，日已暮，暴雨莫可投止。路旁有小村，趋之，不遑

《国语·晋语》九：『董叔将娶于范氏，叔向曰：「范氏富，盍已乎？」曰：「欲为系援焉。」』

审择，见一门匆匆遽人。登其堂，阒无人；俄一女郎出，年十七八，貌类神仙。举首见客，惊而走入。温时未偶，系情殊深。俄一老妪出问客，温道姓名，兼求寄宿。妪言：『宿当不妨，但少床榻；不嫌屈体，便可藉藁。』少旋以烛来，展草铺地，意良殷。问其姓氏，答云：『赵姓。』又问：『女郎何人？』曰：『此宦娘，老身之犹子也。』温曰：『不揣寒陋，欲求援系①，如何？』妪颦蹙曰：『此即不敢应命。』温诘其故，但云难言，怅然遂罢。妪既去，温视藉草腐湿，不堪卧处，因危坐鼓琴，以消永夜。雨既歇，冒夜遂归。

邑有林下部郎②葛公喜文士，温偶诣之，受命弹琴。帘内隐约有眷客窥听，忽风动帘开，见一及笄人，丽绝一世。盖公有一女，小字良工，善词赋，有艳名。温心动，归与母言，媒通之，而葛以温势式微不许。然女自闻琴以后，心窃倾慕，每冀再聆雅奏；而温以姻事不谐，志乖意沮，绝迹于葛氏之

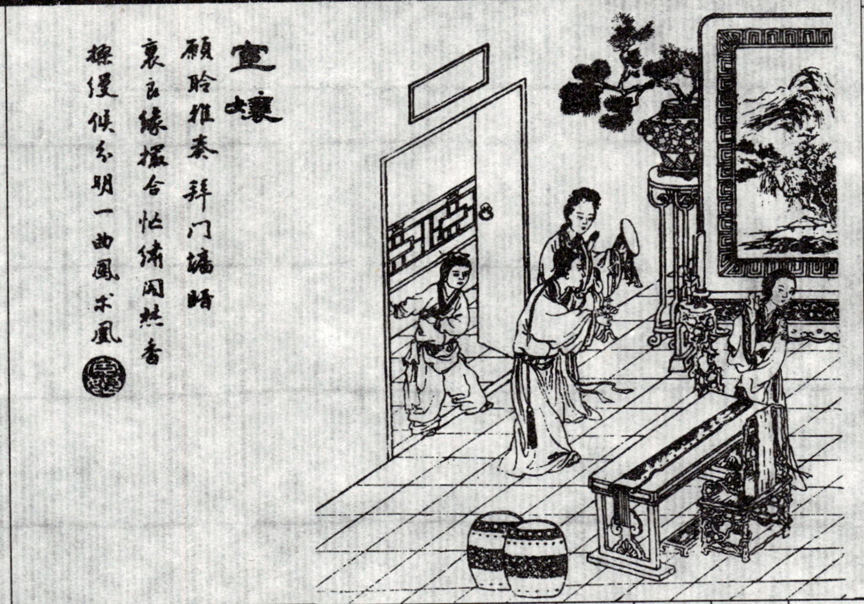

门矣。一日，女于园中拾得旧笺一折，上书惜余春词云：『因恨成痴，转思作想，日日为情颠倒。海棠带醉，杨柳伤春，同是一般怀抱。甚得新愁旧愁，铲尽还生，便如青草。自别离，只在奈何天里，度将昏晓。今日个蹙损春山，望穿秋水，道弃已拚弃了！芳衾妒梦，玉漏惊魂，要睡何能睡好？漫说长宵似年，侬视一年，比更犹少：过三更已是三年，更有何人不老！』女吟咏数四，心悦好之。怀归，出锦笺，庄书一

通置案间，逾时索之不可得，窃意为风飘去。适葛经闺门过，拾之；谓良工作，恶其词荡，火之而未忍言，欲急醮之③。临邑刘方伯④之公子，适来问名，心善之，而犹欲一睹其人。公子盛服而至，仪容秀美。葛大悦，款延优渥。既而告别，坐下遗女舄一钩。心顿恶其儇薄，因呼媒而告以故。公子亟辩其诬，葛弗听，卒绝之。

先是，葛有绿菊种，吝不传，良工以植闺中。温庭菊忽有一二株化为绿，同人闻之，辄造庐观赏，温亦宝之。凌晨趋视，于畦畔得笺写惜余春词，反覆披读，不知其所自至。以『春』为己名益惑之，即案头细加丹黄，评语亵嫚。适葛闻温菊变绿，讶之，躬诣其斋，见词便取展读。温以其评亵，夺而挼莎之。葛仅读一两句，盖即闺门所拾者也。大疑，并绿菊之种，亦猜良工所赠。归告夫人，使逼诘良工。良工涕欲死，而事无验见，莫有取实。夫人恐其迹益彰，计不如以女归温。葛然之，遥致温，温喜极。是日招客为绿菊之宴，焚香弹琴，良夜方罢。既归寝，斋童闻琴自作声，初以为僚仆之戏也，既知其非人，始白温。温自诣之，果不妄。其声梗涩，似将效己而未能者。拃火暴入，杳无所见。温携琴去，则终夜寂然。因意为狐，固知其愿拜门墙也者，遂每夕为奏一曲，而设弦任操若师，夜夜潜伏听之。至六七夜，居然成曲，雅足听闻。

温既亲迎，各述曩词，始知缔好之由，而终不知所由来。良工闻琴鸣之异，往听之，曰：『此非狐也，调凄楚，有鬼声。』温未深信。良工因言其家有古镜，可鉴魑魅。翌日遣人取至，伺琴声既作，握镜遽入；火之，果有女子在，仓皇室隅，莫能复隐。细审之赵氏之宦娘也。大骇，穷诘之。泫然曰：『代作蹇修，不为无德，何相逼之甚也？』温请去镜，约勿避；诺之。乃囊

《诗·小雅·常棣》：妻子好合，如鼓琴瑟。

镜。女遥坐曰：『妾太守之女死百年矣。少喜琴筝，筝已颇能谙之，独此技未能嫡传，重泉⑤犹以为憾。惠顾时，得聆雅奏，倾心向往；又恨以异物不能奉裳衣，阴为君肠合佳偶，以报眷顾之情。刘公子之女舄，惜余春之俚词，皆妾为之也。酬师者不可谓不劳矣。』夫妻咸拜谢之。宦娘曰：『君之业，妾思过半矣，但未尽其神理，请为妾再鼓之。』温如其请，又曲陈其法。宦娘大悦曰：『妾已尽得之矣！』乃起辞欲去。良工故善筝，闻其所长，愿以披聆。宦娘不辞，其调其谱，并非尘世所能。良工击节，转请受业。女命笔为给谱十八章，又起告别。夫妻挽之良苦，宦娘凄然曰：『君琴瑟之好⑥，自相知音；薄命人乌有此福。如有缘，再世可相聚耳。』因以一卷授温曰：『此妾小像。如不忘媒妁，当悬之卧室，快意时焚香一炷，对鼓一曲，则儿身受之矣。』出门遂没。

注释 ①援系：攀附。《国语·晋语》九：『董叔将娶于范氏，叔向曰：「范氏富，盍已乎？」曰：「欲为系援焉。」』②林下部郎：退隐的部郎。林下，树林之下，即田野，借指退隐之所。故古时官吏退休称归林。部郎，明清中央各部郎中或员外郎之类的高级部员。③醮之：把她嫁人。醮，古代婚礼的仪式，女子出嫁时父母酌酒饮之。④方伯：古时诸侯一方之长称方伯。后泛指地方官，明清时指布政使。⑤重泉：指九泉之下，阴间。⑥琴瑟之好：比喻夫妇间感情和谐。《诗·小雅·常棣》：『妻子好合，如鼓琴瑟。』

阿绣

海州①刘子固，十五岁时，至盖省其舅。见杂货肆中一女子，姣丽无双，心爱好之。潜至其肆，托言买扇。女子便呼父，父出，刘意沮，故折阅之而退。遥睹其父他往，又诣之，女将觅父，刘止之曰：『无须，但言其价，我不靳直耳。』女如言固昂之，刘不忍争，脱贯竟去。明日复往又如之。行数武，女追呼曰：『返来！适伪言耳，价奢过当。』因以半价返之。刘益感其诚，蹈隙辄往，由是日熟。女问：『郎居何所？』以实对。转诘之，自言：『姚氏。』临行，所市物，女以纸代裹完好，已而以舌舐粘之。刘怀归不敢复动，恐乱其

《易·系辞》上：引而伸之，触类而长之，天下之能事毕矣。

舌痕也。积半月为仆所窥，阴与舅力要之归。意惓惓不自得。以所市香帕脂粉等类，密置一箧，无人时，辄阖户自捡一过，触类凝想②。

次年复至盖，装甫解即趋女所，至则肆宇阖焉，失望而返。犹意偶出未返，早又诣之，阖如故。问诸邻，始知姚原广宁人，以贸易无重息，故暂归去，又不审何时可复来。神志乖丧。居数日怏怏而归。母为议婚，屡梗之，母怪且怒。仆私以曩事告母，母益防闲之，盖之途由是绝。刘忽忽遂减眠食。母忧思无计，念不如从其志。于是刻日办装使如盖，转寄语舅，媒合之。舅即承命诣姚。逾时而返，谓刘曰：『事不谐矣！阿绣已字广宁人。』刘低头丧气，心灰绝望。既归，捧箧啜泣，而徘徊顾念，冀天下有似之者。

适媒来，艳称复州黄氏女。刘恐不确，命驾至复。入西门，见北向一家，两扉半开，内一女郎怪似阿绣。再属目之，且行且盼而入，真是无讹。刘大动，因僦其东邻居，细诘知为李氏。反复疑念，天下宁有此酷肖者耶？居数日莫可夤缘，惟目眈眈候其门，以冀女或复出。一日日方西，女果出，忽见刘，即返身走，以手指其后；又复掌及额，而入。刘喜极，但不能解。凝思移时，信步诣舍后，见荒园寥廓，西有短垣，略可及肩。豁然顿悟，遂蹲伏露草中。久之，有人自墙上露其首，小语曰：『来乎？』刘诺而起，细视真阿绣也。因大恫，涕堕如绠。女隔堵探身，以巾拭其泪，深慰之。刘曰：『百计不遂，自谓今生已矣，何期复有今夕？顾卿何以至此？』曰：『李氏，妾表叔也。』刘请逾垣。女曰：『君先归，遣从人他宿，妾当自至。』刘如言，坐伺之。少间女悄然入，妆饰不甚炫丽，袍裤犹昔。刘挽坐，备道艰苦，因问：『卿已字，何未醮也？』女曰：『言妾受聘者，妄也。家君以道里赊远，不愿附公子婚，此或托舅氏诡词以绝君望耳。』既就枕席，宛转万态，款接之欢不

可言喻。四更遽起，过墙而去。刘自是不复措意黄氏矣。旅居忘返，经月不归。

一夜仆起饲马，见室中灯犹明，窥之，见阿绣，大骇。顾不敢言主人，旦起访市肆，始返而诘刘曰：『夜与还往者，何人也？』刘初讳之，仆曰：『此第岑寂，狐鬼之薮，公子宜自爱。彼姚家女郎，何为而至此？』刘始腆然曰：『西邻是其表叔，有何疑沮？』仆言：『我已访之审：东邻止一孤媪，西家一子尚幼，别无密戚。所遇当是鬼魅；不然，焉有数年之衣尚未易者？且其面色过白，两颊少瘦，笑处无微涡，不如阿绣美。』刘反复思，乃大惧曰：『然且奈何？』仆谋伺其来，操兵入共击之。至暮女至，谓刘曰：『知君见疑，然妾亦无他，不过了夙分耳。』言未已，仆排闼入。女呵之曰：『可弃兵！速具酒来，当与若主别。』仆便自投，若或夺焉。刘益恐，强设酒馔。女谈笑如常，举手向刘曰：『君心事，方将图效绵薄，何竟伏戎？妾虽非阿绣，颇自谓不亚，君视之犹昔否耶？』刘毛发俱竖，噤不语。女听漏三下，把盏一呷，起立曰：『我且去，待花烛后，再与新妇较优劣也。』转身遂杳。

刘信狐言，竟如盖。怨舅之诳己也，不舍其家；寓近姚氏，托媒自通，啖以重赂。姚妻乃言：『小郎为觅婿广宁，若翁以是故去，就否未可知。须旋日方可计校。』刘闻之，彷徨无以自主，惟坚守以伺其归。逾十余日，忽闻兵警，犹疑讹传；久之信益急，乃趣装行。中途遇乱，主仆相失，为侦者所掠。以刘文弱疏其防，盗马亡去。至海州界见一女子，蓬鬓垢耳，出履蹉跌，不可堪。刘驰过之，女遽呼曰：『马上人非刘郎乎？』刘停鞭审顾，则阿绣也。心仍讶其为狐，曰：『汝真阿绣耶？』女问：『何为出此言？』刘述所遇。女曰：『妾真阿绣也。父携妾自广宁归，遇兵被俘，授马屡堕。忽一女子握腕趣

遁，荒窜军中，亦无诘者。女子健步若飞隼，苦不能从，百步而屦袒焉。久之，闻号嘶渐远，乃释手曰：「别矣！前皆坦途可缓行，爱汝者将至，宜与同归。」刘知其狐，感之。因述其留盖之故。女言其叔为择婿于方氏，未委禽而乱始作。刘始知舅言非妄。携女马上，叠骑归。入门则老母无恙，大喜。系马入，俱道所以。母亦喜，为女盥濯，竟妆，容光焕发。母抚掌曰：「无怪痴儿魂梦不置也！」遂设裀褥，使从己宿。又遣人赴盖，寓书于姚。不数日姚夫妇俱至，卜吉成礼乃去。

刘出藏箧，封识俨然。有粉一函，启之，化为赤土。刘异之。女掩口曰：「数年之盗，今始发觉矣。尔日见郎任妾包裹，更不及审真伪，故以此相戏耳。」方嬉笑间，一人搴帘入曰：「快意如此，当谢蹇修否？」刘视之，又一阿绣也，急呼母。母及家人悉集，无有能辨识者。刘回眸亦迷，注目移时，始揖而谢之。女子索镜自照，赧然趋出，寻之已杳。夫妇感其义，为位于室而祀之。一夕刘醉归，室暗无人，方自挑灯，而阿绣至。刘挽问：「何之？」笑曰：「醉臭熏人，使人不耐！如此盘诘，谁作桑中逃耶？」刘笑捧其颊，女曰：「郎视妾与狐姊孰胜？」刘曰：「卿过之。然皮相者不辨也。」已而合扉相狎。俄有叩门者，女起笑曰：「君亦皮相者也。」刘不解，趋启门，则阿绣入，大愕。始悟适与语者，狐也。暗中又闻笑声。夫妻望空而祷，祈求现像。狐曰：「我不愿见阿绣。」问：「何不另化一貌？」曰：「我不能。」问：「何故不能？」曰：「阿绣，吾妹也，前世不幸夭殂。生时，与余从母至天宫见西王母，心窃爱慕，归则刻意效之。妹较我慧，一月神似；我学三月而后成，然终不及妹。今已隔世，自谓过之，不意犹昔耳。我感汝两人诚，故时复一至，今去矣。」遂不复言。自此三五日辄一来，一切疑难悉决之。值阿绣归宁，

来常数日住，家人皆惧避之。每有亡失，则华妆端坐，插玳瑁[3]簪长数寸，朝家人而庄语之：「所窃物，夜当送至某所；不然，头痛大作，悔无及！」天明，果于某所获之。三年后，绝不复来。偶失金帛，阿绣效其装吓家人，亦屡效焉。

注释 ①海州：海州卫，今辽宁省海城县。②触类凝想：指触景生情，思念不已。《易·系辞》上：「引而伸之，触类而长之，天下之能事毕矣。」③玳瑁：一种龟属动物，其甲壳可作装饰品。

小翠

王太常[1]，越人。总角时，昼卧榻上。忽阴晦，巨霆暴作，一物大于猫，来伏身下，展转不离。移时晴霁，物即径出。视之非猫，始怖，隔房呼兄。兄闻，喜曰：「弟必大贵，此狐来避雷霆劫也。」后果少年登进士，以县令入为侍御。

生一子名元丰，绝痴，十六岁不能知牝牡[2]，因而乡党无于为婚。王忧

小翠

帷幄奇謀運不窮，痴兒顛倒戲閨中。功成便尔將身退，留取餘情補化工。

之。适有妇人率少女登门，自请为妇。视其女，嫣然展笑，真仙品也。喜问姓名。自言：「虞氏。女小翠，年二八矣。」与议聘金。曰：「是从我糠覈不得饱，一旦置身广厦，役婢仆，厌膏梁，彼意适，我愿慰矣，岂卖菜也而索直乎！」夫人大悦，优厚之。妇即命女拜王及夫人，嘱曰：「此尔翁姑，奉侍宜谨。我大忙，且去，三数日当复来。」王命仆马送之，妇言：「里巷不远，无烦多事。」遂出门去。

来常数门往，家人密窥之。[illegible]

家人而往信之。「所言。」夜果来，[illegible]

则。果于某所获之，[illegible]年后，始令复来。偿失金出，[illegible]

效验。[illegible]

小翠

王太常，越人。总角时，昼卧榻上。忽阴晦，巨霆暴作，一物大于猫，来伏身下，展转不离。移时晴霁，物即径出。视之，非猫，始怖，隔房呼兄。兄闻，喜曰：「弟必大贵，此狐来避雷霆劫也。」后果少年登进士，以县令入为侍御。

生一子，名元丰，绝痴，十六岁不能知牝牡，因而乡党无与为婚。王

小翠

[illegible]

忧之。适有妇人率少女登门，自请为妇。视其女，嫣然展笑，真仙品也。喜问姓名，自言：「虞氏。女小翠，年二八矣。」与议聘金。曰：「是从我糠覈不得饱，一旦置身广厦，役婢仆，厌膏粱，彼意适，我愿慰矣，岂卖菜也而索直乎！」夫人大悦，优厚之。妇即命女拜王及夫人，嘱曰：「此尔翁姑，奉侍宜谨。我大忙，且去，三数日当复来。」王命仆马送之。妇言：「里巷不远，无烦多事。」遂出门去。

小翠殊不悲恋，便即奁中翻取花样。夫人亦爱乐之。数日妇不至，以居里问女，女亦憨然不能言其道路。遂治别院，使夫妇成礼。诸戚闻拾得贫家儿作新妇，共笑姗之；见女皆惊，群议始息。女又甚慧，能窥翁姑喜怒。王公夫妇，宠惜过于常情，然惕惕焉惟恐其憎子痴，而女殊欢笑不为嫌。第善谑，刺布作圆，蹋蹴为笑。着小皮靴，蹴去数十步，给公子奔拾之，公子及婢恒流汗相属。一日王偶过，圆訇然来直中面目。女与婢俱敛迹去，公子犹踊跃奔逐之。王怒，投之以石，始伏而啼。王以告夫人，夫人往责女，女俯首微笑，以手刓。既退，憨跳如故，以脂粉涂公子作花面如鬼。夫人见之怒甚，呼女诟骂。女倚几弄带，不惧，亦不言。夫人无奈之，因杖其子。元丰大号，女始色变，屈膝乞宥。夫人怒顿解，释杖去。女笑拉公子入室，代扑衣上尘，拭眼泪，摩挲杖痕，饵以枣栗。公子乃收涕以忻。女阖庭户，复装公子作霸王，作沙漠人；己乃艳服，束细腰，婆娑作帐下舞；或髻插雉尾，拨琵琶，丁丁缕缕然，喧笑一室，日以为常。王公以子痴，不忍过责妇，即微闻焉，亦若置之。

同巷有王给谏[3]者，相隔十余户，然素不相能；时值三年大计吏，忌公握河南道篆，思中伤之。公知其谋，忧虑无所为计。一夕早寝，女冠带饰冢宰状，剪素丝作浓髭，又以青衣饰两婢为虞候，窃跨厩马而出，戏云：『将谒王先生。』驰至给谏之门，即又鞭挝从人，大言曰：『我谒侍御王，宁谒给谏王耶！』回辔而归。比至家门，门者误以为真，奔白王公。公急起承迎，方知为子妇之戏。怒甚，谓夫人曰：『人方蹈我之瑕，反以闺阁之丑登门而告之，余祸不远矣！』夫人怒，奔女室，诟让之。女惟憨笑，并不一置词。挞之不忍，出之则无家，夫妻懊怨，终夜不寝。时冢宰某公赫甚，其仪采服从，与女伪装

无少殊别，王给谏亦误为真。屡侦公门，中夜而客未出，疑冢宰与公有阴谋。次日早朝，见而问曰：『夜相公至君家耶？』公疑其相讥，惭言唯唯，不甚响答。给谏愈疑，谋遂寝，由此益交欢公。公探知其情窃喜，而阴嘱夫人劝女改行，女笑应之。

逾岁，首相免，适有以私函致公者误投给谏。给谏大喜，先托善公者往假万金，公拒之。给谏自诣公所。公觅巾袍并不可得；给谏伺候久，怒公慢，愤将行。忽见公子衮衣旒冕，有女子自门内推之以出，大骇；已而笑抚之，脱其服冕而去。公急出，则客去远。闻其故，惊颜如土，大哭曰：『此祸水也！指日赤吾族矣！』与夫人操杖往。女已知之，阖扉任其诟厉。公怒，斧其门，女在内含笑而告之曰：『翁无烦怒。有新妇在，刀锯斧钺妇自受之，必不令贻害双亲。翁若此，是欲杀妇以灭口耶？』公乃止。给谏归，果抗疏揭王不轨，衮冕作据。上惊验之，其旒冕乃粱黠心所制，袍则败布黄袱也。上怒其诬。又召元丰至，见其憨状可掬，笑曰：『此可以作天子耶？』乃下之法司。

给谏又讼公家有妖人，法司严诘臧获，并言无他，惟颠妇痴儿日事戏笑，邻里亦无异词。案乃定，以给谏充云南军。

王由是奇女。又以母久不至，意其非人，使夫人探诘之，女但笑不言。再复穷问，则掩口曰：『儿玉皇女，母不知耶？』无何，公擢京卿。五十余每患无孙。女居三年，夜夜与公子异寝，似未尝有所私。夫人舁榻去，嘱公子与妇同寝。过数日，公子告母曰：『借榻去，悍不还！小翠夜夜以足股加腹上，喘气不得；又惯掐人股里。』婢妪无不粲然。夫人呵拍令去。一日女浴于室，公子见之，欲与偕；女笑止之，谕使姑待。既去，乃更泻热汤于瓮，解其袍裤，与婢扶之入。公子觉蒸闷，大呼欲出。女不听，以衾蒙之。少时无声，启

视已绝。女坦笑不惊，曳置床上，拭体干洁，加复被焉。夫人闻之，哭而入，骂曰：『狂婢何杀吾儿！』女辗然曰：『如此痴儿，不如勿有。』夫人益恚，以首触女；婢辈争曳劝之。方纷噪间，一婢告曰：『公子呻矣！』辍涕抚之，则气息休休，而大汗浸淫，沾浃裀褥。食顷汗已，忽开目四顾遍视家人，似不相识，曰：『我今回忆往昔，都如梦寐，何也？』夫人以其言语不痴，大异之。携参其父，屡试之果不痴，大喜，如获异宝。至晚，还榻故处，更设衾枕以觇之。公子入室，尽遣婢去。早窥之，则榻虚设。自此痴颠皆不复作，而琴瑟静好如形影焉。

年余，公为给谏之党奏劾免官，小有罣误。旧有广西中丞所赠玉瓶，价累千金，将出以贿当路。女爱而把玩之，失手堕碎，惭而自投。公夫妇方以免官不快，闻之，怒，交口呵骂。女奋而出，谓公子曰：『我在汝家，所保全者不止一瓶，何遂不少存面目？实与君言：我非人也。以母遭雷霆之劫，深受而翁庇翼；又以我两人有五年夙分，故以我来报曩恩、了夙愿耳。身受唾骂、擢发不足以数，所以不即行者，五年之爱未盈。今何可以暂止乎！』盛气而出，追之已杳。公爽然自失，而悔无及矣。公子入室，睹其剩粉遗钩，恸哭欲死；寝食不甘，日就羸瘁。公大忧，急为胶续④以解之，而公子不乐。惟求良工画小翠像，日夜浇祷其下，几二年。

偶以故自他里归，明月已皎，村外有公家亭园，骑马墙外过，闻笑语声，停辔，使厩卒捉鞚，登鞍一望，则二女郎游戏其中。云月昏蒙，不甚可辨，但闻一翠衣者曰：『婢子当逐出门！』一红衣者曰：『汝在吾家园亭，反逐阿谁？』翠衣人曰：『婢子不羞！不能作妇，被人驱遣，犹冒认物产也？』红衣者曰：『索胜老大婢无主顾者！』听其音酷类小翠，疾呼之。翠衣人去曰：

『姑不与若争，汝汉子来矣。』既而红衣人来，果小翠。喜极。女令登垣承接而下之，曰：『二年不见，骨瘦一把矣！』公子握手泣下，具道相思。女言：『妾亦知之，但无颜复见家人。今与大姊游戏，又相邂逅，足知前因不可逃也。』请与同归，不可；请止园中，许之。公子遣仆奔白夫人。夫人惊起，驾肩舆而往，启钥入亭。女即趋下迎拜；夫人捉臂流涕，力白前过，几不自容，曰：『若不少记榛梗，请偕归慰我迟暮。』女峻辞不可。夫人虑野亭荒寂，谋以多人服役。女曰：『我诸人悉不愿见，惟前两婢朝夕相从，不能无眷注耳；外惟一老仆应门，余都无所复须。』夫人悉如其言。托公子养痾园中，日供食用而已。

女每劝公子别婚，公子不从。后年余，女眉目音声渐与曩异，出像质之，迥若两人。大怪之。女曰：『视妾今日何如畴昔美？』公子曰：『二十余岁何得速老！』女笑而焚图，救之已烬。一日谓公子曰：『昔在家时，阿翁谓妾抵死不作茧，今亲老君孤，妾实不能产，恐误君宗嗣。请娶妇于家，旦晚侍奉公姑，君往来于两间，亦无所不便。』公子然之，纳币于锺太史之家。吉期将近，女为新人制衣履，赍送母所。及新人入门，则言貌举止，与小翠无毫发之异。大奇之。往至园亭，则女亦不知所在。问婢，婢出红巾曰：『娘子暂归宁，留此贻公子。』展巾，则结玉玦一枚，心知其不返，遂携婢俱归。虽顷刻不忘小翠，幸而对新人如觌旧好焉。始悟锺氏之姻，女预知之，故先化其貌，以慰他日之思云。

异史氏曰：一狐也，以无心之德，而犹思所报；而身受再造之福者，顾失声于破甑，何其鄙哉！月缺重圆，从容而去，始知仙人之情亦更深于流俗也！

注释　①太常：官名。汉为九卿之一。后代因之，设太常寺，置卿和少卿各一人，掌管宫廷祭祀礼乐等事。②牝牡：雌雄，指男女性别。鸟兽雌性叫「牝」，雄性叫「牡」。③给谏：官名，给事中的别称。④胶续：

指续娶。旧时以琴瑟比喻夫妇，故俗称丧妻为断弦，再娶为续弦。《十洲记》谓凤麟洲中的仙人以凤喙麟角合煎作膏，称为「续弦胶」，可续弓弩的断弦。后来因称男子再娶为「胶续」。

细柳

细柳娘，中都①之士人女也。或以其腰嫖袅可爱，戏呼之「细柳」云。柳少慧，解文字，喜读相人书。而生平简默，未尝言人臧否；但有问名者，必求一亲窥其人。阅人甚多，俱未可，而年十九矣。父母怒之曰：「天下迄无良匹，汝将以丫角老耶？」女曰：「我实欲以人胜天，顾久而不就，亦吾命也。今而后，请惟父母之命是听。」

时有高生者，世家名士，闻细柳之名，委禽焉。既醮，夫妇甚得。生前室遗孤，小字长福，时五岁，女抚养周至。女或归宁，福辄号啼从之，呵遣所不能止。年余女产一子，名之长怙。生问名字之义，答言：「无他，但望其长依

膝下耳。」女于女红疏略，常不留意；而于亩之东南②，税之多寡，按籍而问，惟恐不详。久之，谓生曰：「家中事请置勿顾，待妾自为之，不知可当家否？」生如言，半载而家无废事，生亦贤之。一日，生赴邻村饮酒，适有追逋赋者，打门而谇。遣奴慰之，弗去。乃趣童召生归。隶既去，生笑曰：「细柳，今始知慧女不若痴男耶？」女闻之，俯首而哭。生惊挽而劝之，女终不乐。生不忍以家政累之，仍欲自任，女

②《诗·小雅·信南山》：我疆我理，南东其亩。

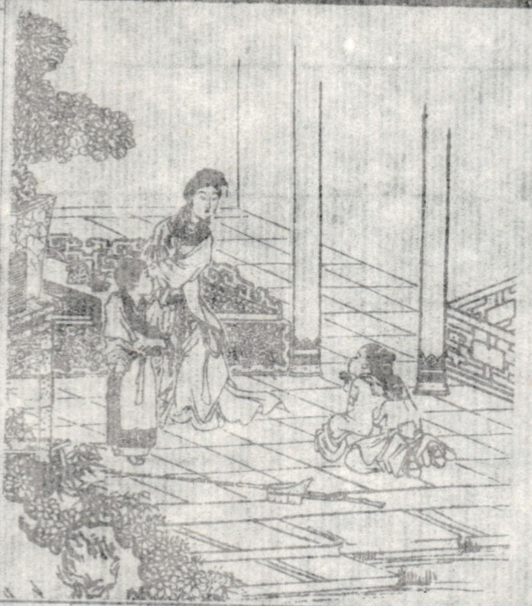

又不肯。晨兴夜寐，经纪弥勤。每先一年，即储来岁之赋，以故终岁未尝见催租者一至其门；又以此法计衣食，由此用度益纾。于是生乃大喜，尝戏之曰：『细柳何细哉：眉细、腰细、凌波细，且喜心思更细。』女对曰：『高郎诚高矣：品高、志高、文字高，但愿寿数尤高。』

村中有货美材者，女不惜重直致之。价不能足，又多方乞贷于戚里。生以其不急之物，固止之，卒弗听。蓄之年余，富室有丧者，以倍资赎诸其门。生因利而谋诸女，女不可。问其故，不语；再问之，荧荧欲涕。心异之，然不忍重拂焉，乃罢。又逾岁，生年二十有五，女禁不令远游，归稍晚，僮仆招请者，相属于道。于是同人咸戏谤之。一日生如友人饮，觉体不快而归，至中途堕马，遂卒。时方溽暑，幸衣衾皆所夙备。里中始共服细娘智。

福年十岁始学为文。父既殁，娇惰不肯读，辄亡去从牧儿遨。谯诃不改，继以夏楚③，而顽冥如故。母无奈之，因呼而谕之曰：『既不愿读，亦复何能相强？但贫家无冗人，便更若衣，使与僮仆共操作。不然，鞭挞勿悔！』于是衣以败絮，使牧豕；归则自掇陶器，与诸仆啖饭粥。数日，苦之，泣跪庭下，愿仍读。母返身向壁置不闻，不得已执鞭啜泣而出。残秋向尽，桁无衣，足无履，冷雨沾濡，缩头如丐。里人见而怜之，纳继室者皆引细娘为戒，啧有烦言。女亦稍稍闻之，而漠不为意。福不堪其苦，弃豕逃去，女亦任之，殊不追问。积数月，乞食无所，憔悴自归，不敢遽入，哀求邻媪往白母。女曰：『若能受百杖可来见，不然，早复去。』福闻之，骤入，痛哭愿受杖。母问：『今知改悔乎？』曰：『悔矣。』曰：『既知悔，无须挞楚，可安分牧豕，再犯不宥！』福大哭曰：『愿受百杖，请复读。』女不听。邻妪怂恿之，始纳焉。濯发授衣，令与弟怙同师。勤身锐虑，大异往昔，三年游泮。中丞杨公见其文

而器之，月给常廪，以助灯火。

怙最钝，读数年不能记姓名。母令弃卷而农。怙游闲惮于作苦，母怒曰：『四民④各有本业，既不能读，又不能耕，宁不沟瘠死耶？』立杖之。由是率奴辈耕作，一朝晏起，则诟骂从之；而衣服饮食，母辄以美者归兄。怙虽不敢言，而心窃不能平。农工既毕，母出资使学负贩。怙淫赌，入手丧败，诡托盗贼运数，以欺其母。母觉之，杖责濒死。福长跪哀乞，愿以身代，怒始解。自是一出门，母辄探察之。怙行稍敛，而非其心之所得已也。一日请母，将从诸贾入洛；实借远游，以快所欲，而中心惕惕，惟恐不遂所请。母闻之，殊无疑虑，即出碎金三十两为之具装；末又以铤金一枚付之，曰：『此乃祖宦囊之遗，不可用去，聊以压装备急可耳。且汝初学跋涉，亦不敢望重息，只此三十金得无亏负足矣。』临又嘱之。怙诺而出，欣欣意自得。至洛，谢绝客侣，

宿名娼李姬之家。凡十余夕散金渐尽，自以巨金在囊，初不意空匮在虑，及取而斫之，则伪金耳。大骇，失色。李媪见其状，冷语侵客。怙心不自安，然囊空无所向往，犹翼姬念夙好，不即绝之。俄有二人握索入，骤絷项领，惊惧不知所为。哀问其故，则姬已窃伪金去首公庭矣。至官不能置辞，梏掠几死。收狱中，又无资斧，大为狱吏所虐，乞食于囚，苟延余息。

初，怙之行也，母谓福曰：『记取廿日后，当遣汝之洛。我事烦，恐忽忘之。』福不知所谓，黯然欲悲，不敢复请而退。过二十日而问之，叹曰：『汝弟今日之浮荡，犹汝昔日之废学也。我不冒恶名，汝何以有今日？人皆谓我忍，但泪浮枕簟，而人不知耳！』因泣下。福侍立敬听，不敢研诘。泣已，乃曰：『汝弟荡心不死，故授之伪金以挫折之，今度已在缧绁中矣。中丞待汝厚，汝往求焉，可以脱其死难，而生其愧悔也。』福立刻而发。比入洛，则弟

被逮三日矣。即狱中而望之，怙奄然面目如鬼，见兄涕不可仰。福亦哭。时福为中丞所宠异，故遐迩皆知其名。邑宰知为怙兄，急释之。

怙至家，犹恐母怒，膝行而前。母顾曰：『汝愿遂耶？』怙零涕不敢复作声，福亦同跪，母始叱之起。由是痛自悔，家中诸务，经理维勤；即偶惰，母亦不呵问之。凡数月，并不与言商贾，意欲自请而不敢，以意告兄。母闻而喜，并力质贷而付之，半载而息倍焉。是年福秋捷，又三年登第⑤；弟货殖累巨万矣。邑有客洛者，窥见太夫人，年四旬犹若三十许人，而衣妆朴素，类常家云。

异史氏曰：黑心符出，芦花变生，古与今如一丘之貉，良可哀也！或有避其谤者，又每矫枉过正，至坐视儿女之放纵而不一置问，其视虐遇者几何哉？独是日挞所生，而人不以为暴；施之异腹儿，则指摘从之矣。夫细柳固非独忍于前子也；然使所出贤，亦何能出此心以自白于天下？而乃不引嫌，不辞谤，卒使二子一富一贵，表表于世。此无论闺闼，当亦丈夫之铮铮者矣！

注释 ①中都：古邑名，在今河南沁阳县东北。此处指京城。②亩之东南：指耕作之事。《诗·小雅·信南山》：「我疆我理，南东其亩。」亩，田垄。③夏楚：鞭打。夏，楸木。楚，荆木。两者都是古代作为笞罚的刑具。④四民：士、农、工、商。⑤登第：登进士第，即考中进士。

局诈

某御史家人，偶立市间，有一人衣冠华好，近与攀谈。渐问主人姓字、官阀，家人并告之。其人自言："王姓，贵主家之内使也。"语渐款洽，因曰："宦途险恶，显者皆附贵戚之门，尊主人所托何人也？"答曰："无之。"王曰："此所谓惜小费而忘大祸者也。"家人曰："何托而可？"王曰："公主待人以礼，能覆翼人。某侍郎系仆阶进①。倘不惜千金贽，见公主当亦不难。"家人喜，问其居止。便指其门户曰："日同巷不知耶？"家人归告侍御。侍御喜，即张盛筵，使家人往邀王。王欣然来。筵间道公主情性及起居琐事甚悉，且言："非同巷之谊，即赐百金赏，不肯效牛马。"御史益佩戴之。临别订约，王曰："公但备物，仆乘间言之，旦晚当有报命。"

越数日始至，骑骏马甚都，谓侍御曰："可速治装行。公主事大烦，投谒者踵相接，自晨及夕，不得一间。今得一间，宜急往，误则相见无期矣。"侍御乃出兼金②重币，从之去。曲折十余里，始至公主第，下骑祗候。王先持贽入。久之，出，宣言："公主召某御史。"即有数人接递传呼。侍御伛偻而入，见高堂上坐丽人，姿貌如仙，服饰炳耀；侍姬皆着锦绣，罗列成行。侍御伏谒尽礼，传命赐坐檐下，金碗进茗。主略致温旨，侍御肃而退。自内传赐缎靴、貂帽。

既归，深德王，持刺谒谢，则门阖无人，疑其侍主未复。三日三诣，终不复见。使人询诸贵主之门，则高扉扃锢。访之居人，并言："此间曾无贵主。前有数人僦屋而居，今去已三日矣。"使反命，主仆丧气而已。

副将军某，负资入都，将图握篆，苦无阶。一日有裘马者③谒之，自言：

《论语·公冶长》：子路曰："愿车马，衣轻裘，与朋友共，敝之而无憾。"

《史记·信陵君列传》：公子再拜，因问，侯生乃屏人间语。

『内兄为天子近侍。』茶已，请间④云：『目下有某处将军缺，倘不吝重金，仆嘱内兄游扬圣主之前，此任可致，大力者不能夺也。』某疑其妄。其人曰：『此无须踟蹰。某不过欲抽小数于内兄，于将军锱铢无所望。言定如干数，署券为信。待召见后方求实给，不效则汝金尚在，谁从怀中而攫之耶？』某乃喜，诺之。

次日复来引某去，见其内兄云：『姓田。』煊赫如侯家。某参谒，殊傲睨不甚为礼。其人持券向某曰：『适与内兄议，率非万金不可，请即署尾。』某从之。田曰：『人心叵测，事后虑有反复。』其人笑曰：『兄虑之过矣。既能予之，宁不能夺之耶？且朝中将相，有愿纳交而不可得者。将军前程方远，应不丧心⑤至此。』某亦力矢而去。其人送之，曰：『三日即复公命。』

逾两日，日方西，数人吼奔而入，曰：『圣上坐待矣！』某惊甚，疾趋入朝。见天子坐殿上，爪牙森立。某拜舞已。上命赐坐，慰问殷勤，顾左右曰：『闻某武烈非常，今见之，真将军才也！』因曰：『某处险要地，今以委卿，勿负朕意，侯封有日耳。』某拜恩出。即有前日裘马者从至客邸，依券兑付而去。于是高枕待绶，日夸荣于亲友。过数日探访之，则前缺已有人矣。大怒，忿争于兵部之堂，曰：『某承帝简，何得授之他人？』司马怪之。及述宠遇，半如梦境。司马怒，执下廷尉。始供其引见者之姓名，则朝中并无此人。又耗万金，始得革职而去。

异哉！武弁虽骇，岂朝门亦可假耶？疑其中有幻术存焉，所谓『大盗不操矛弧』者也。

嘉祥李生，善琴。偶适东郊，见工人掘土得古琴，遂以贱直得之。拭之有异光，安弦而操，清烈非常。喜极，若获拱璧，贮以锦囊，藏之密室，虽至戚

不以示也。

邑丞程氏新莅任，投刺谒李。李故寡交游，以其先施故，报之。过数日又招饮，固请乃往。程为人风雅绝伦，议论潇洒，李悦焉。越日折柬酬之，欢笑益洽。从此月夕花晨，未尝不相共也。年余，偶于丞廨中，见绣囊裹琴置几上，李便展玩。程问：「亦谙此否？」李曰：「生平最好。」程讶曰：「知交非一日，绝技胡不一闻？」拨炉爇沉香，请为小奏。李敬如教。程曰：「大高手！愿献薄技，勿笑小巫⑥也。」遂鼓《御风曲》⑦，其声泠泠，有绝世出尘之意。李更倾倒，愿师事之。自此二人以琴交，情分益笃。

年余，尽传其技。然程每诣李，李以常琴供之，未肯泄所藏也。一夕薄醉，丞曰：「某新肄一曲，亦愿闻之乎？」为奏《湘妃》，幽怨若泣。李亟赞之。丞曰：「所恨无良琴；若得良琴，音调益胜。」李欣然曰：「仆蓄一琴，

颇异凡品。今遇锺期⑧，何敢终密？」乃启椟负囊而出。程以袍袂拂尘，凭几再鼓，刚柔应节，工妙入神。李击节不置。丞曰：「区区拙技，负此良琴。若得荆人一奏，当有一两声可听者。」李惊曰：「公闺中亦精之耶？」丞笑曰：「适此操乃传自细君者。」李曰：「恨在闺阁，小生不得闻耳。」丞曰：「我辈通家，原不以形迹相限。明日请携琴去，当使隔帘为君奏之。」李悦。

次日抱琴而往。丞即治具欢饮。少间将琴入，旋出即坐。俄见帘内隐隐有丽妆，顷之，香流户外。又少时弦声细作，听之，不知何曲；但觉荡心媚骨，令人魂魄飞越。曲终便来窥帘，竟二十余绝代之姝也。丞以巨白劝釂，内复改弦为《闲情》之赋，李形神益惑。倾饮过醉，离席兴辞，索琴。丞曰：「醉后防有磋跌。明日复临，当令闺人尽其所长。」李归。次日诣之，则廨舍寂然，惟一老隶应门。问之，云：「五更携眷去，不知何作，言往复可三日耳。」如

《太平御览》：小巫见大巫，拔茅而弃，此所以终身弗如也。

《列子·汤问》：伯牙鼓琴，志在高山，锺子期曰：「峨峨兮若泰山。」志在流水，曰：「洋洋兮若江河。」子期死，伯牙绝弦，以无知音者。

期往伺之，日暮，并无音耗。吏皂皆疑，白令破扃而窥其室，室尽空，惟几榻犹存耳。达之上台，并不测其何故。

李丧琴，寝食俱废。不远数千里访诸其家。程故楚产，三年前，捐资受嘉祥。执其姓名，询其居里，楚中并无其人。或云：『有程道士者善鼓琴，又传其有点金术⑨。三年前，忽去不复见。』疑即其人。又细审其年甲、容貌，吻合不谬。乃知道士之纳官皆为琴也。知交年余，并不言及音律；渐而出琴，渐而献技，又渐而惑以佳丽；浸渍三年，得琴而去。道士之癖，更甚于李生也。天下之骗机多端，若道士，骗中之风雅者矣。

注释 ①阶进：当台阶使之进，即提供使其得到进见。②兼金：价格远高于寻常金子的精金，即好金。《孟子·公孙丑》：『王馈兼企一百。』③裘马者：衣饰、坐骑华贵的人。《论语·公冶长》：『子路曰：愿车马，衣轻裘，与朋友共，敝之而无憾。』④请间：请求私下交谈。间，间语，私语。《史记·信陵君列传》：『公子再拜，因问，侯生乃屏人间语。』⑤丧心：心理不正常。《左传·昭公二十五年》：『哀乐而乐哀，皆丧心也。』⑥勿笑小巫：意谓你这样的高手不要嘲笑我低劣的技艺。小巫，相对大巫而言。巫，巫师。《太平御览》：『小巫见大巫，拔茅而弃，此所以终身弗如也。』⑦《御风曲》：杜撰的乐曲。御风，乘风而行。《庄子·列御寇》：『夫列子御风而行，泠然善也。』⑧今遇钟期：意谓现在遇到知音。钟期，即钟子期，春秋时楚国人，精通音律，与善琴者伯牙相知相惜。《列子·汤问》：『伯牙鼓琴，志在高山，钟子期曰：「峨峨兮若泰山。」志在流水，曰：「洋洋兮若江河。」子期死，伯牙绝弦，以无知音者。』⑨点金术：古代方士之流所说的点石成金的方术。

钟生

钟庆余，辽东名士，应济南乡试。闻藩邸有道士知人休咎，心向往之。二场后至趵突泉，适相值。年六十余，须长过胸，一皤然道人也。集问灾祥者如堵，道士悉以微词授之。于众中见生，忻然握手，曰：『君心术德行，可敬也！』挽登阁上，屏人语，因问：『莫欲知将来否？』曰：『然。』曰：『子福命至薄，然今科乡举可望。但荣归后，恐不复见尊堂矣。』生至孝，闻之泣下，遂欲不试而归。道士曰：『若过此已往，一榜亦不可得矣。』生云：『母死不见，且不可复为人，贵为卿相何加焉？』道士曰：『某夙世与君有缘，今

日必合尽力。』乃以一丸授之曰：『可遣人夙夜将去，服之可延七日。场毕而行，母子犹及见也。』

生藏之，匆匆而出，神志丧失。因计终天有期，早归一日，则多得一日之奉养，携仆贳驴，即刻东迈。驱里许，驴忽返奔，下之不驯，控之则蹶。生无计，躁汗如雨。仆劝止之，生不听。又贳他驴，亦如之。日已衔山，莫知为计。仆又劝曰：『明日即完场矣，何争此一朝夕乎？请即先主而行，计亦良得。』不得已，从之。次日草草竣事，立时遂发，不遑啜息，星驰而归。则母病绵惙，下丹药，渐就痊可。入视之，就榻泫泣。母摇首止之，执手喜曰：『适梦之阴司，见王者颜色和霁。谓稽尔生平，无大罪恶；今念汝子纯孝，赐寿一纪。』生亦喜。历数日，果平健如故。

未几闻捷，辞母如济。因赂内监，致意道士。道士欣然出，生便伏谒。道士曰：『君既高捷，太夫人又增寿数，此皆盛德所致。道人何力焉！』生又讶其先知，因而拜问终身。道士云：『君无大贵，但得耄耋①足矣。君前身与我为僧侣，以石投犬，误毙一蛙，今已投生为驴。论前定数，君当横折②；今孝德感神，已有解星入命，固当无恙。但夫人前世为妇不贞，数应少寡。今君以德延寿，非其所偶，恐岁后瑶台倾③也。』生恻然良久，问继室所在。曰：『在中州④，今十四岁矣。』临别嘱曰：

鍾生

北堂壽寓慶重開
桂子香分兩袖回
風孽消除佳耦協
都從純孝性中來

①《礼记·曲礼》上：八十、九十曰耄。

『倘遇危急，宜奔东南。』

后年余，妻病果死。钟舅令于西江，母遣往省，以便途过中州，将应继室之戚。偶适一村。值临河优戏，士女甚杂。方欲整辔趋过，有一失勒牡驴，随之而行，致骡蹄趹。生回首以鞭击驴耳，驴惊大奔。时有王世子方六七岁，乳媪抱坐堤上；驴冲过，扈从皆不及防，挤堕河中。众大哗，欲执之。生纵骡绝驰⑤，顿忆道士言，极力趋东南。

约三十余里，入一山村，有叟在门，下骑揖之。叟邀入，自言『方姓』，便诘所来。生叩伏在地，具以情告，叟言：『不妨。请即寄居此间，当使徼者去。』至晚得耗，始知为世子，叟大骇曰：『他家可以为力。此真爱莫能助矣！』生哀不已。叟筹思曰：『不可为也。请过一宵，听其缓急，倘可再谋。』生愁怖，终夜不枕。次日侦听，则已行牒讥察，收藏者弃市。叟有难色，无言而入。生疑惧，无以自安。中夜叟来，入坐便问：『夫人年几何矣？』生以鳏对。叟喜曰：『吾谋济矣。』问之，答云：『余姊夫慕道，挂锡南山；姊又谢世。遗有孤女，从仆鞠养，亦颇慧。以奉箕帚如何？』生喜符道士之言，而又冀亲戚密迩，可以得其周谋，曰：『小生诚幸矣。但远方罪人，深恐贻累丈人。』叟曰：『此为君谋也。姊夫道术颇神，但久不与人事矣。合卺后，自与甥女筹之，必合有计。』生喜极，赘焉。

女十六岁，艳绝无双。生母对之欷歔。女云：『妾即陋，何遂遽见嫌恶？』生谢曰：『娘子仙人，相偶为幸。但有祸患，恐致乖违。』因以实告。女怨曰：『舅乃非人！此弥天之祸，不可为谋，乃不明言，而陷我于坎窞！』生长跪曰：『是小生以死命哀舅，舅慈悲而穷于术，知卿能生死人而肉白骨⑥也。某诚不足称好逑，然家门幸不辱寞。倘得再生，香花供养有日耳。』女叹

《左传·襄公二十二年》：吾见申叔夫子所谓生死而肉骨也。

曰：『事已至此，夫复何辞？然父自削发招提⑦，儿女之爱已绝。无已同往哀之，恐担挫辱不浅也。』乃一夜不寐，以毡绵厚作蔽膝，各以隐着衣底。然后唤肩舆，入南山十余里。山径拗折绝险，不复可乘。下舆，女跬步甚艰，生挽臂拽扶之，竭蹶始得上达。不远，即见山门，共坐少憩。女喘汗淫淫，粉黛交下。生见之，情不可忍，曰：『为某事，遂使卿罹此苦！』女愀然曰：『恐此尚未是苦！』困少苏，相将入兰若，礼佛而进。曲折入禅堂，见老僧趺坐，目若瞑，一僮执拂侍之。方丈中，扫除光洁；而坐前悉布沙砾，密如星宿。女不敢择，入跪其上；生亦从诸其后。僧开目一瞻，即复合去。女参曰：『久不定省⑧，今女已嫁，故偕婿来。』僧久之，启视曰：『妮子大累人！』即不复言。夫妻跪良久，筋力俱殆，沙石将压入骨，痛不可支。又移时，乃言曰：『将骡来未？』女答曰：『未。』曰：『夫妻即去，可速将来。』二人拜而

起，狼狈而行。

既归，如命，不解其意，但伏听之。过数日，相传罪人已得，伏诛讫。夫妻相庆。无何，山中遣僮来，以断杖付生云：『代死者，此君也。』便嘱瘗葬致祭，以解竹木之冤。生视之，断处有血痕焉。乃祝而葬之。夫妻不敢久居，星夜归辽阳。

注释 ①耄耋：高寿。《礼记·曲礼》上：『八十、九十曰耄。』耋，老。②横折：因为意外而过早地死去。横，意外。折，夭折。③瑶台倾：意谓妻子去世。刘禹锡《伤往赋》：『宝瑟僵兮弦柱绝，瑶台倾兮镜奁空。』瑶台，用美玉所砌成的高台。④中州：古时中国共为九州，豫州在中间，故称中州。其辖境在今河南，因此河南亦称中州。⑤绝驰：飞驰，疾驰。绝，绝尘。⑥生死人而肉白骨：意谓使人起死回生。《左传·襄公二十二年》：『吾见申叔夫子所谓生死而肉骨也。』⑦削发招提：指出家为僧。招提，梵语『拓斗提奢』的省称。从北魏太武帝建寺院，并取名为招提，故招提成为寺院的别称。杜甫《游龙门奉先寺》：『已从招提游，更宿招提境。』⑧定省：昏定晨省，即问安探视。

梦狼

白翁，直隶人。长子甲筮仕南服①，三年无耗。适有瓜葛丁姓造谒，翁款

之。丁素走无常。谈次，翁辄问以冥事，丁对语涉幻；翁不深信，但微哂之。别后数日，翁方卧，见丁又来，邀与同游。从之去，入一城阙。移时，丁指一门曰：“此间君家甥也。”时翁有姊子为晋令，讶曰：“乌在此？”丁曰：“倘不信，入便知之。”翁入，果见甥，蝉冠豸绣⑥坐堂上，戟幢行列，无人可通。丁曳之出，曰：“公子衙署，去此不远，亦愿见之否？”翁诺。少间至一第，丁曰：“入之。”窥其门，见一巨狼当道，大惧不敢进。丁又曰：“入之。”又入一门，见堂上、堂下，坐者、卧者，皆狼也。又视墀中，白骨如山，益惧。丁乃以身翼翁而进。公子甲方自内出，见父及丁良喜。少坐，唤侍者治肴蔌。忽一巨狼，衔死人入。翁战惕而起曰：“此胡为者？”甲曰：“聊充庖厨。”翁急止之。心怔忡不宁，辞欲出，而群狼阻道。进退方无所主，忽见诸狼纷纷嗥避，或窜床下，或伏几底。错愕不解其故，俄有两金甲猛士努

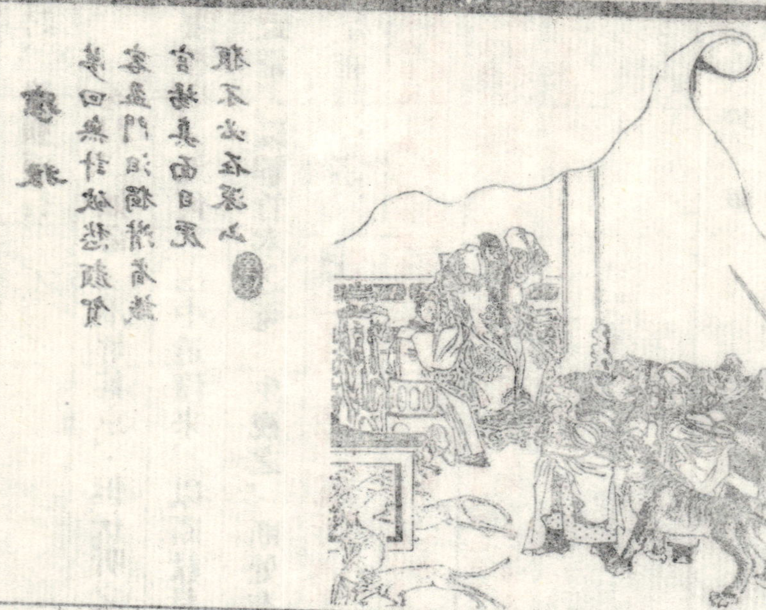

目入，出黑索索甲。甲扑地化为虎，牙齿巉巉。一人出利剑，欲枭其首。一人曰：“且勿，且勿，此明年四月间事，不如姑敲齿去。”乃出巨锤锤齿，齿零落堕地。虎大吼，声震山岳。翁大惧，忽醒，乃知其梦。心异之，遣人招丁，丁辞不至。翁志其梦，使次子诣甲，函戒哀切。既至，见兄门齿尽脱；骇而问之，则醉中坠马所折，考其时则父梦之日也。益骇。出父书。甲读之变色，间曰：“此幻梦之适符耳，何足怪。”时

方赂当路者，得首荐[3]，故不以妖梦为意。弟居数日，见其蠹役满堂，纳贿关说者中夜不绝，流涕谏止之。甲曰：『弟日居衡茅，故不知仕途之关窍耳。黜陟[4]之权，在上台不在百姓。上台喜，便是好官；爱百姓，何术能令上台喜也？』弟知不可劝止，遂归告父，翁闻之大哭。无可如何，惟捐家济贫，日祷于神，但求逆子之报，不累妻孥。

次年，报甲以荐举作吏部，贺者盈门；翁惟欷歔，伏枕托疾不出。未几，闻子归途遇寇，主仆殒命。翁乃起，谓人曰：『鬼神之怒，止及其身，祐我家者不可谓不厚也。』因焚香而报谢之。慰藉翁者，咸以为道路讹传，惟翁则深信不疑，刻日为之营兆。而甲固未死。先是四月间，甲解任，甫离境，即遭寇，甲倾装以献之。诸寇曰：『我等来，为一邑之民泄冤愤耳，宁专为此哉！』遂决其首。又问家人：『有司大成者谁是？』司故甲之腹心，助纣为虐者。家人共指之，贼亦杀之。更有蠹役四人，甲聚敛臣也，将携入都。——并搜决讫，始分资入囊，骛驰而去。

甲魂伏道旁，见一宰官过，问：『杀者何人？』前驱者曰：『某县白知县也。』宰官曰：『此白某之子，不宜使老后见此凶惨，宜续其头。』即有一人掇头置腔上，曰：『邪人不宜使正，以肩承领可也。』遂去。移时复苏。妻子往收其尸，见有余息，载之以行；从容灌之，亦受饮。但寄旅邸，贫不能归。半年许，翁始得确耗，遣次子致之而归。甲虽复生，而目能自顾其背，不复齿人数矣。翁姊子有政声，是年行取[5]为御史，悉符所梦。

异史氏曰：『窃叹天下之官虎而吏狼者，比比也。即官不为虎，而吏且将为狼，况有猛于虎者耶！夫人患不能自顾其后耳；苏而使之自顾，鬼神之教微矣哉！』

《荀子·大略》：苞苴行与？谗夫兴与！

邹平李进士匡九，居官颇廉明。常有富民为人罗织，门役吓之曰：『官索汝二百金，宜速办；不然，败矣！』富民惧，诺备半数。役摇手不可，富民苦哀之，役曰：『我无不极力，但恐不允耳。待听鞫时，汝目睹我为若白之，其允与否，亦可明我意之无他也。』少间，公按是事。役知李戒烟，近问：『饮烟否？』李摇其首。役即趋下曰：『适言其数，官摇首不许，汝见之耶？』富民信之，惧，许如数。役知李嗜茶，近问：『饮茶否？』李颔之。役托烹茶，趋下曰：『谐矣！适首肯，汝见之耶？』既而审结，富民果获免，役即收其苞苴⑥，且索谢金⑦。呜呼！官自以为廉，而骂其贪者载道焉。此又纵狼而不自知者矣。世之如此类者更多，可为居官者备一鉴也。舟中见怪之夜也。

鹳从其后，若将送之。巢既倾，两雏俱堕，一生一死。僧取生者置钟楼上。少顷鹳返，仍就哺之，翼成而去。

异史氏曰：次年复至，盖不料其祸之复也；三年而巢不移，则报仇之计已决；三日不返，其去作秦庭之哭，可知矣。大鸟必羽族之剑仙也，飙然而来，一击而去，妙手空空儿何以加此？

济南有营卒，见鹳鸟过，射之，应弦而落。喙中衔鱼，将哺子也。或劝拔矢放之，卒不听。少顷带矢飞去。后往来郭间两年余，贯矢如故。一日卒坐辕门下，鹳过，矢坠地。卒拾视曰：『矢固无恙耶？』耳适痒，因以矢搔耳。忽大风催门，门骤阖，触矢贯脑而死。

注释 ①筮仕南服：到南方为官。《左传·闵公元年》：『初，毕万筮仕于晋。』筮，用蓍草占卜。古人出外做官，先占吉凶；后因称出仕为官为『筮仕』。南服，古时按离京城的距离远近，将国家分为五等地带，称为五服，故称南方为南服。②蝉冠豸绣：此处指身穿官服。蝉冠，古时高官所戴的以貂尾蝉纹做装饰的帽子。豸绣，绣有獬豸的官服。《晋书·舆服志》：『或说獬豸，神羊，能触邪佞。』官服上的獬豸图案象征着大公无私，是御史和其他司法官员的服饰。③得首荐：得到优先荐举擢升的资格。荐，荐举，指保举调京考选。明清年间每三年考察外官政绩，其优异者可擢升新职。④黜陟：指官吏的任免。陟，擢升。⑤行取：明代规定，每三年州县地方官员经上级保举，可以被调往京城，通过考核，补授科道或部属官职，称为『行取』。⑥苞苴：此处指行贿的财物。《荀子·大略》：『苞苴行与？谗夫兴与！』⑦谢金：表示感谢的小费。

嫦娥

太原宗子美，从父游学①，流寓广陵②。父与红桥③下林妪有素。一日父子过红桥，遇之，固请过诸其家，瀹茗共话。有女在旁，殊色也。翁亟赞之，妪顾宗曰：「大郎温婉如处子，福相也。若不鄙弃，便奉箕帚，如何？」翁笑，促子离席，使拜媪曰：「一言千金矣！」先是妪独居，女忽自至，告诉孤苦。问其小字，则名嫦娥。妪爱而留之，实将奇货居之也。

时宗年十四，睨女窃喜，意翁必媒定之，而翁归若忘，心灼热，隐以白母。翁笑曰：「曩与贪婆子戏耳。彼不知将卖黄金几何矣，此何可易言！」逾年翁媪并卒。子美不能忘情嫦娥，服将阕，托人示意林妪。妪初不承，宗忿曰：「我生平不轻折腰，何媪视之不值一钱？若负前盟，须见还也！」妪乃云：「曩或与而翁戏约，容有之。但无成言，遂都忘却。今既云云，我岂留嫁天王耶？要日日装束，实望易千金，今请半焉可乎？」宗自度难办，亦遂置之。

适有寡媪僦居西邻，有女及笄，小名颠当。偶窥之，雅丽不减嫦娥。向慕之，每以馈遗阶进；久而渐熟，往往送情以目，而欲语无间。一夕逾垣乞火，宗喜挽之，遂相燕好。约为嫁娶，辞以兄负贩未归。由此蹈隙往来，形迹周密。

一日偶经红桥，见嫦娥适在门内，

吴绮《扬州鼓吹词序》：红桥，在城西北二里，朱栏数丈，远通两岸，虽彩虹卧波，丹蛟截水，不足以喻。

疾趋过之。嫦娥望见，招之以手，宗驻足；女又招之，遂入。女以背约让宗，宗述其故。女入室，取黄金一铤付之，宗不受，辞曰：『自分永与卿绝，遂他有所约。受金而为卿谋，是负人也；受金而不为卿谋，是负卿也：诚不敢有所负。』女良久曰：『君所约，妾颇知之。其事必无成；即成之，妾不怨君之负心也。其速行，媪将至矣。』宗仓卒无以自主，受之而归。

隔夜告之颠当，颠当深然其言，但劝宗专心嫦娥。宗不语。愿下之，而宗乃悦。即遣媒纳金林妪，妪无辞，以嫦娥归宗。入门后，悉述颠当言，嫦娥微笑，阳怂恿之。宗喜，急欲一白颠当，而颠当迹久绝。嫦娥知其为己，因暂归宁，故予之间，嘱宗窃其佩囊。已而颠当果至，与商所谋，但言勿急。及解衿狎笑，胁下有紫荷囊，将便摘取。颠当变色起曰：『君与人一心，而与妾二！负心郎！请从此绝。』宗曲意挽解，不听竟去。一日过其门探察之，已另有吴

客僦居其中，颠当子母迁去已久，影灭迹绝，莫可问讯。

宗自娶嫦娥，家暴富，连阁长廊，弥亘街路。嫦娥善谐谑，适见美人画卷，宗曰：『吾自谓如卿天下无两，但不曾见飞燕、杨妃耳。』女笑曰：『若欲见之，此亦何难。』乃执卷细审一过，便趋入室，对镜修妆，效飞燕舞风，又学杨妃带醉。长短肥瘦，随时变更；风情态度，对卷逼真。方作态时，有婢自外至，不复能识，惊问其僚；复向审注，恍然始笑。宗喜曰：『吾得一美人，而千古之美人，皆在床闼矣！』

一夜方熟寝，数人撬扉而入，火光射壁。女急起，惊言：『盗入！』宗初醒，即欲鸣呼。一人以白刃加颈，惧不敢喘。又一人掠嫦娥负背上，哄然而去。宗始号，家役毕集，室中珍玩，无少亡者。宗大悲，罗然失图，无复情地。告官追捕，殊无音息。

荏苒三四年，郁郁无聊，因假赴试入都。居半载，占验询察，无计不施。偶过姚巷，值一女子，垢面敝衣，罗傫如丐。停趾相之，乃颠当也。骇曰：『卿何憔悴至此？』答云：『别后南迁，老母即世，为恶人掠卖旗下，挞辱冻馁，所不忍言。』宗泣下，问：『可赎否？』曰：『难矣。耗费烦多，不能为力。』宗曰：『实告卿：年来颇称小有，惜客中资斧有限，倾装货马，所不敢辞。如所需过奢，当归家营办之。』女约明日出西城，相会丛柳下，嘱独往，勿以人从。宗曰：『诺。』次日早往，则女先在，袿衣④鲜明，大非前状。惊问之，笑曰：『曩试君心耳，幸绨袍之意犹存。请至敝庐，宜必得当以报。』北行数武，即至其家，遂出肴酒，相与谈宴。宗约与俱归，女曰：『妾多俗累，不能从。嫦娥消息，固颇闻之。』宗急询其何所，女曰：『其行踪缥缈，妾亦不能深悉。西山有老尼，一目眇，问之当自知。』遂止宿其家。

天明示以径。宗至其处，有古寺周垣尽颓，从竹内有茅屋半间，老尼缀衲其中。见客至，漫不为礼。宗揖之，尼始举头致问。因告姓氏，即白所求。尼曰：『八十老瞽，与世睽绝，何处知佳人消息？』宗固求之。乃曰：『我实不知。有二三戚属，来夕相过，或小女子辈识之，未可知。汝明夕可来。』宗乃出。次日再至，则尼他出，败扉扃焉。伺之既久，更漏已催，明月高揭，徘徊无计，遥见二三女郎自外入，则嫦娥在焉。宗喜极，突起，急揽其袪。嫦娥曰：『莽郎君！吓煞妾矣！可恨颠当饶舌，乃教情欲缠人。』宗曳坐，执手款曲，历诉艰难，不觉恻楚。女曰：『实相告：妾实姮娥被谪，浮沉俗间，其限已满；托为寇劫，所以绝君望耳。尼亦王母守府者，妾初谴时，蒙其收恤，故暇时常一临存。君如释妾，当为代致颠当。』宗不听，垂首陨涕。女遥顾曰：『姊妹辈来矣。』宗方四顾，而嫦娥已杳。宗大哭失声，不欲复活，因

解带自缢。恍惚觉魂已出舍，伥伥靡适。俄见嫦娥来，捉而提之，足离于地；入寺，取树上尸推挤之，唤曰：『痴郎，痴郎！嫦娥在此。』忽若梦醒。少定，女恚曰：『颠当贱婢！害妾而杀郎君，我不能恕之也！』下山赁舆而归。既命家人治装，乃返身而出西城，诣谢颠当，至则舍宇全非，愕叹而返。窃幸嫦娥不知入门，嫦娥迎笑曰：『君见颠当耶？』宗愕然不能答。女曰：『君背嫦娥，乌得颠当？请坐待之，当自至。』未几颠当果至，仓皇伏榻下。嫦娥叠指弹之，曰：『小鬼头陷人不浅！』颠当叩头，但求赊死。嫦娥曰：『推人坑中，而欲脱身天外耶？广寒十一姑不日下嫁，须绣枕百幅、履百双，可从我去，相共操作。』颠当恭白：『但求分工，按时赍送。』女不许，谓宗曰：『君若缓颊，即便放却。』颠当目宗，宗笑不语，颠当目怒之。乃乞还告家人，许之，遂去。宗问其生平，乃知其西山狐也。买舆待之。

次日果来，遂俱归。然嫦娥重来，恒持重不轻谐笑。宗强使狎戏，惟密教颠当为之。颠当慧绝，工媚。嫦娥乐独宿，每辞不当夕。一夜漏三下，犹闻颠当房中，吃吃不绝。使婢窃听之，婢还，不以告，但请夫人自往。伏窗窥之，则见颠当凝妆作已状，宗拥抱，呼以嫦娥。女哂而退。未几，颠当心暴痛，急披衣，曳宗诣嫦娥所，入门便伏。嫦娥曰：『我岂医巫厌胜[5]者？汝欲自捧心效西子耳。』颠当顿首，但言知罪。女曰：『愈矣。』遂起，失笑而去。颠当私谓宗：『吾能使娘子学观音[6]。』宗不信，因戏相赌。嫦娥每趺坐，眸含若瞑。颠当悄以玉瓶插柳置几上；自乃垂发合掌，侍立其侧，樱唇半启，瓠犀[7]微露，睛不少瞬。宗笑之。嫦娥开目问之，颠当曰：『我学龙女[8]侍观音耳。』嫦娥笑骂之，罚使学童子拜。颠当束发，遂四面朝参之，伏地翻转，逞诸变态，左右侧折，袜能磨乎其耳。嫦娥解颐，坐而蹴之。颠当仰首，口衔凤

钩⑨，微触以齿。嫦娥方嬉笑间，忽觉媚情一缕，自足趾而上直达心舍，意荡思淫，若不自主。乃急敛神，呵曰：『狐奴当死！不择人而惑之耶？』颠当惧，释口投地。嫦娥又厉责之，众不解。嫦娥谓宗曰：『颠当狐性不改，适间几为所愚。若非夙根深者，堕落何难！』自是见颠当，每严御之。颠当惭惧，告宗曰：『妾于娘子一肢一体，无不亲爱，爱之极，不觉媚之甚。谓妾有异心，不惟不敢，亦不忍。』宗因以告嫦娥，嫦娥遇之如初。然以狎戏无节，数戒宗，宗不听；因而大小婢妇，竞相狎戏。一日，二人扶一婢效作杨妃。二人以目会意，赚婢懈骨作酣态，两手遽释，婢暴颠墀下，声如倾堵。众方大哗；近抚之，而妃子已作马嵬薨矣。众大惧，急白主人。嫦娥惊曰：『祸作矣！我言如何哉！』往验之，不可救。使人告其父。父某甲，素无行，号奔而至，负尸入厅事，叫骂万端。宗闭户惴恐，莫知所措。嫦娥自出责之，曰：

『主郎虐婢至死，律无偿法；且邂逅暴殂，焉知其不再苏？』甲噪言：『四支已冰，焉有生理！』嫦娥曰：『勿哗。纵不活，自有官在。』乃入厅事抚尸，而婢已苏，抚之随手而起。嫦娥返身怒曰：『婢幸不死，贼奴何得无状！可以草索絷送官府！』甲无词，长跪哀免。嫦娥曰：『汝既知罪，姑免究处。但小人无赖，反复何常，留汝女终为祸胎，宜即将去。原价如干数，当速措置来。』遣人押出，俾浼二三村老，券证署尾。已，乃唤婢至前，使甲自问之：『无恙乎？』答曰：『无恙。』乃付之去。已，遂召诸婢，数责遍扑。又呼颠当，为之厉禁。谓宗曰：『今而知为人上者，一笑颦亦不可轻。谑端开之自妾，而流弊遂不可止。凡哀者属阴，乐者属阳；阳极阴生，此循环之定数⑩。婢子之祸，是鬼神告之以渐也。荒迷不悟，则倾覆及之矣。』宗敬听之。颠当泣求拔脱。嫦娥乃掐其耳，逾刻释手，颠当怃然为间，忽若梦醒，据地自投，

《易·系辞》上：阴阳不测之谓神。

欢喜欲舞。由此闺阁清肃，无敢哗者。婢至其家，无疾暴死。甲以赎金莫偿，渔村老代求怜恕，许之；又以服役之情，施以材木而去。宗常患无子。嫦娥腹中忽闻儿啼，遂以刃破左胁出之，果男；无何，复有身，又破右胁而出一女。男酷类父，女酷类母，皆论昏于世家。

异史氏曰：阳极阴生，至言哉！然室有仙人，幸能极我之乐，消我之灾，长我之生，而不我之死。是乡乐，老焉可矣，而仙人顾忧之耶？天运循环之数，理固宜然；而世之长困而不亨者，又何以为解哉？昔宋人有求仙不得者，每曰：『作一日仙人，而死亦无憾。』我不复能笑之也。

注释 ①游学：到外地求学，《史记·陈丞相世家》：『伯常耕田，纵乎使游学。』②广陵：府名，明清为扬州府。在今江苏省扬州市。③红桥：桥名，为扬州八胜之一。吴绮《扬州鼓吹词序·红桥》：『在城西北二里，朱栏数丈，远通两岸，虽彩虹卧波，丹蛟截水，不足以喻。』④袿衣：妇女上衣。此处指袍服。⑤医巫厌胜者：治病驱邪之人。巫，巫师，借鬼神之名为人驱除祸患。厌胜，古时民间盛行的一种巫术，用诅咒或其他法术来镇服他人。⑥观音：观世音菩萨，亦称观自在菩萨。唐人为避唐太宗（李世民）讳，故称观音。观世音菩萨本为男性，唐宋之后讹传为女性，又变为妙庄玉女。⑦瓠犀：喻指漂亮整洁的牙齿。⑧龙女：神话传说中龙王的女儿。据《法华经·提婆达多品》载，婆竭罗龙王的女儿，年仅8岁就领悟佛法，有成佛之相。⑨凤钩：对嫦娥的脚的美称。钩，形容其足很小且弓弯如钩。⑩『凡哀者』四句：通过阴阳相生相克的学说，来说明乐极生悲的道理。阴、阳，是古代解释万物化生的哲学概念。《易·系辞》上：『阴阳不测之谓神。』

褚生

顺天陈孝廉，十六七岁时，尝从塾师读于僧寺，徒侣綦繁。内有褚生，自言山东人，攻苦讲求，略不暇息；且寄宿斋中，未尝一见其归。陈与最善，因诘之，答曰：『仆家贫，办束金①不易，即不能惜寸阴②，而加以夜半，则我之二日，可当人三日。』陈感其言，欲携榻来与共寝。褚止之曰：『且勿，且勿！我视先生，学非吾师也。阜城门有吕先生，年虽耄可师，请与俱迁之。』盖都中设帐者多以月计，月终束金完，任其留止。于是两生同诣吕。吕，越之宿儒，落魄不能归，因授童蒙③，实非其志也。得两生甚喜，而褚又甚

《淮南子·原道》：故圣人不贵尺之璧，而重寸之阴：时难得而易失也。

慧，过目辄了，故尤器重之。两人情好款密，昼同几，夜同榻。月既终，褚忽假归，十余日不复至。共疑之。一日陈以故至天宁寺，遇褚廊下，劈檾淬硫，作火具焉。见陈，忸怩④不安，陈问：『何遽废读？』褚握手请间，戚然曰：『贫无以遗先生，必半月贩，始能一月读。』陈感慨良久，曰：『但往读，自合极力。』命从人收其业，同归塾。戒陈勿泄，但托故以告先生。陈父固肆贾，居物致富，陈辄窃父金代褚遗师。父以亡金责陈，陈实告之。父以为痴，遂使废学。褚大惭，别师欲去。吕知其故，让之曰：『子既贫，胡不早告？』乃悉以金返陈父，止褚读如故，与共饔飧⑤，若子焉。陈虽不入馆，每邀褚过酒家饮。褚固以避嫌不往，而陈要之弥坚，往往泣下，褚不忍绝，遂与往来无间。逾二年陈父死，复求受业。吕感其诚纳之，而废学既久，较褚悬绝矣。

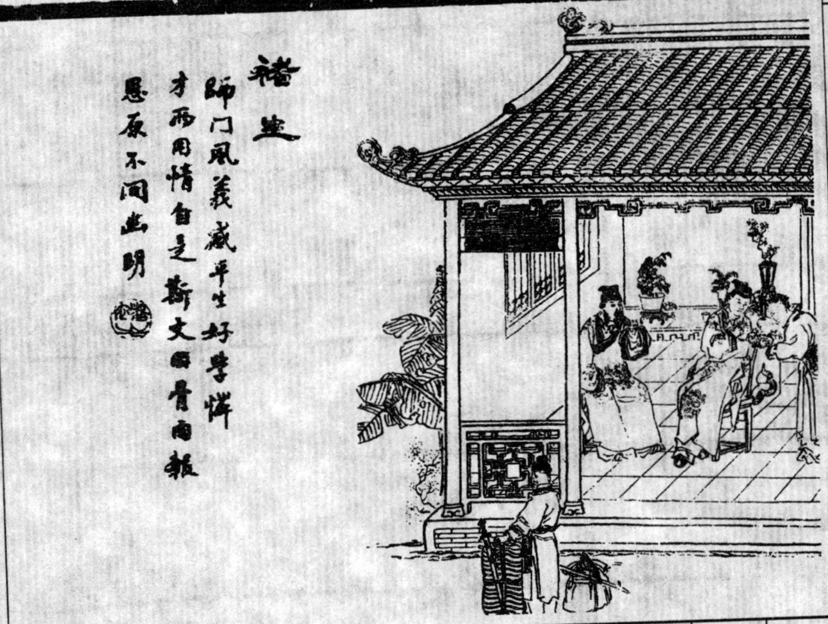

居半年，吕长子自越来，丐食寻父。门人辈敛金助装，褚惟洒涕依恋而已。吕临别，嘱陈师事褚。陈从之，馆褚于家。未几，入邑庠，以『遗才』应试。陈虑不能终幅，褚请代之。至期，褚偕一人来，云是表兄刘天若，嘱陈暂从去。陈方出，褚忽自后曳之，身欲踣，刘急挽之而去。览眺一过，相携宿于其家。家无妇女，即馆客于内舍。

居数日，忽已中秋。刘曰：『今日李皇亲园中，游人甚夥，当往一豁积

闷，相便送君归。』使人荷茶鼎、酒具而往。但见水肆梅亭，喧啾不得入。过水关，则老柳之下，横一画桡，相将登舟。酒数行，苦寂。刘顾僮曰：『梅花馆近有新姬，不知在家否？』僮去少时，与姬俱至，盖勾栏李遏云也。李，都中名妓，工诗善歌，陈曾与友人饮其家，故识之。相见，略道温凉。姬戚戚有忧容。刘命之歌，为歌『蒿里』。陈不悦，曰：『主客即不当卿意，何至对生人歌死曲？』姬起谢，强颜欢笑，乃歌艳曲。陈喜，捉腕曰：『卿向日《浣溪纱》读之数过，今并忘之。』姬吟曰：『泪眼盈盈对镜台，开帘忽见小姑来，低头转侧看弓鞋。强解绿蛾开笑面，频将红袖拭香腮，小心犹恐被人猜。』陈反复数四。已而泊舟，过长廊，见壁上题咏甚多，即命笔记词其上。日已薄暮，刘曰：『闱中人将出矣。』遂送陈归，入门即别去。

陈见室暗无人，俄延间褚已入门，细审之却非褚生。方疑，客遽近身而仆。家人曰：『公子惫矣！』共扶拽之。转觉仆者非他，即己也。既起，见褚生在旁，惚惚若梦。屏人而研究之。褚曰：『告之勿惊：我实鬼也。久当投生，所以因循于此者，高谊所不能忘，故附君体，以代捉刀；三场毕，此愿了矣。』陈复求赴春闱，曰：『君先世福薄，悭吝之骨，诰赠所不堪也。』问：『将何适？』曰：『吕先生与仆有父子之分，系念常不能置。表兄为冥司典簿，求白地府主者，或当有说。』遂别而去。陈异之；天明访李姬，将问以泛舟之事，则姬死数日矣。又至皇亲园，见题句犹存，而淡墨依稀，若将磨灭。始悟题者为魂，作者为鬼。

至夕，褚喜而至，曰：『所谋幸成，敬与君别。』遂伸两掌，命陈书褚字于上以志之。陈将置酒为饯，摇首曰：『勿须。君如不忘旧好，放榜后，勿惮修阻。』陈挥涕送之。见一人伺候于门，褚方依依，其人以手按其项，随手而

匾，掬入囊，负之而去。过数日，陈果捷。于是治装如越。吕妻断育几十年，五旬余忽生一子，两手握固不可开。陈至，请相见，便谓掌中当有文曰『褚』。吕不深信。儿见陈，十指自开，视之果然。惊问其故，具告之。共相欢异。陈厚贻之乃返。后吕以岁贡，廷试入都，舍于陈；则儿十三岁入泮矣。

异史氏曰：吕老教门人，而不知自教其子。呜呼！作善于人，而降祥于己，一间也哉！褚生者，未以身报师，先以魂报友，其志其行，可贯日月⑥，岂以其鬼故奇之与！

注释 ①束金：犹言『束脩』。脩，脯，干肉。《论语·述而》：『自行束脩以上，吾未尝无诲焉。』后代指学生送给教师的酬金。②惜寸阴：爱惜短暂的光阴。《淮南子·原道》：『故圣人不贵尺之璧，而重寸之阴：时难得而易失也。』③童蒙：初学的幼童。蒙，愚蒙无知。④忸怩：害羞，不好意思。⑤共饔飧：共食。饔，早餐。飧，晚餐。⑥可贯日月：意谓志行高洁，可以贯穿日月。贯，穿透。

霍女

朱大兴，彰德①人。家富有而吝啬已甚，非儿女婚嫁，座无宾、厨无肉。然佻达喜渔色，色所在冗费不惜。每夜逾垣过村，从荡妇眠。一夜遇少妇独行，知为亡者，强胁之，引与俱归。烛之，美绝。自言『霍氏』。细致研诘，女不悦，曰：『既加收齿，何必复盘察？如恐相累，不如早去。』朱不敢问，留与寝处。顾女不能安粗粝，又厌见肉臛②，必燕窝③、鸡心④、鱼肚白⑤作羹汤，始能餍饱。朱无奈，竭力奉之。又善病，日须参汤一碗。朱初不肯。女呻吟垂绝，不得已投之，病若失，遂以为常。女衣必锦绣，数日即厌其故。如是月余，计费不资，朱渐不供。女啜泣不食，求去；朱惧，又委曲承顺之。每苦闷，辄令十数日一招优伶为戏；戏时，朱设凳帘外，抱儿坐观之。女亦无喜容，数相诮骂，朱亦不甚分解。居二年，家渐落，向女婉言求少减；女许之。用度皆损其半。久之仍不给，女亦以肉糜相安；又渐而不珍亦御矣。朱窃喜。忽一夜，自启后门去。朱惆怅若失，遍访之，乃知在邻村何氏家。何大姓，世胄也，豪纵好客，灯火达旦。忽有丽人，半夜入闺闼。诘之，则朱家之逃妾也。朱为人，何素藐之；又悦女美，竟纳焉。绸缪数日，益惑之，穷极奢欲，供奉一如朱。朱得耗，坐索之，何殊不为意。朱质于官。官以其姓名来历不明，置不理。朱货产行赇，乃准拘质。女谓何曰：“妾在朱家，原非采礼媒定者，胡畏之？”何喜，将与质成⑥。座客顾生谏曰：“收纳逋逃，已干国纪；况此女入门，日费无度，即千金之家，何能久也？”何大悟，罢讼，以女归朱。

过一二日，女又逃。有黄生者，故贫士，无偶。女叩扉入，自言所来。黄见艳丽忽投，惊惧不知所为。黄素怀刑⑦，固却之。女不去，应对间，娇婉无

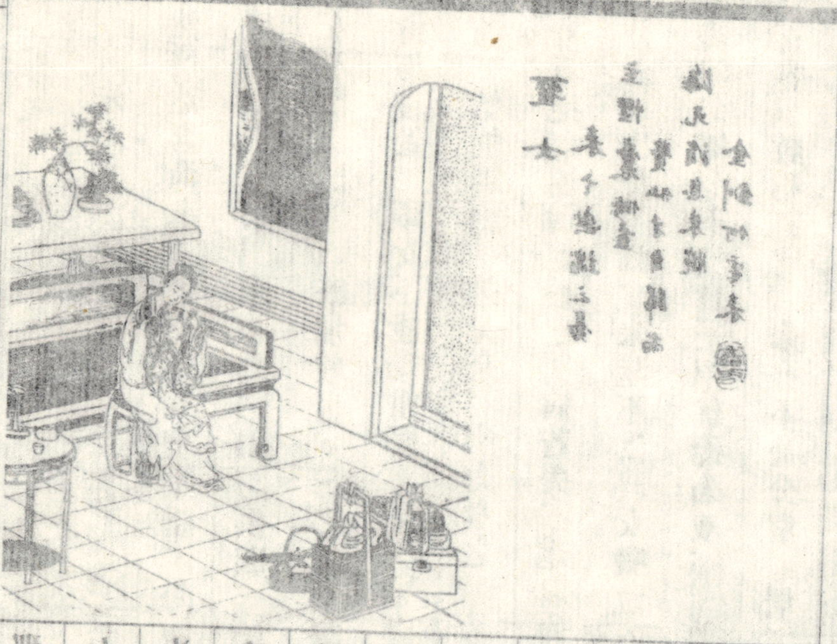

那⑧。黄心动，留之，而虑其不能安贫。女早起，躬操家苦，劬劳过旧室焉。黄为人蕴藉潇洒，工于内媚，因恨相得之晚。止恐风声漏泄，为欢不久。而朱自讼后，家益贫；又度女不能安，遂置不究。女从黄数岁，亲爱甚笃。一日，忽欲归宁，要黄御送之。黄曰：“向言无家，何前后之舛？”曰：“曩漫言之。妾镇江人。昔从荡子流落江湖，遂至于此。妾家颇裕，君竭资而往，必无相亏。”黄从其言，赁舟同去。

至扬州境，泊舟江际。女适凭窗，有巨商子过，惊其绝，反舟缀之，而黄不知也。女忽曰：『君家甚贫，今有一疗贫之法，不知能从否？』黄诘之，女曰：『妾相从数年，未能为君育男女，亦一不了事。妾虽陋，幸未老耄，有能以千金相赠者，便鬻妾去，此中妻室、田庐皆备焉。此计如何？』黄失色，不知何故。女笑曰：『君勿急，天下固多佳人，谁肯以千金买妾者？其戏言于外，以觇其有无。卖不卖，固自在君耳。』黄不肯。女自与榜人妇言之，妇目黄，黄漫应焉。妇去无几，返言：『邻舟有商人子，愿出八百。』黄故摇首以难之。未几复来，便言如命，即请过船交兑。黄微哂，女曰：『教渠姑待，我嘱黄郎，即令去。』女谓黄曰：『妾日以千金之躯事君，今始知耶？』黄问：『以何词遣之？』女曰：『请即往署券，去不去固自在我耳。』黄不可。女逼促之，黄不得已诣焉。立刻兑付。黄令封志之，曰：『遂以贫故，竟果如此，遽相割舍。倘室人必不肯从，仍以原金璧赵。』方运金至舟，女已从榜人妇从船尾登商舟，遥顾作别，并无凄恋。黄惊魂离舍，嗌不能言。俄商舟解缆，去如箭激。黄大号，欲追傍之，榜人不从，开舟南渡矣。

瞬息达镇江，运资上岸，榜人急解舟去。黄守装闷坐，无所适归，望江水之滔滔，如万镝之丛体。方掩泣间，忽闻娇声呼『黄郎』。愕然回顾，则女已在前途。喜极，负装从之，问：『卿何遽得来？』女笑曰：『再迟数刻，则君有疑心矣。』黄乃疑其非常，固诘其情。女笑曰：『妾生平于吝者则破之，于邪者则诳之也。若实与君谋，君必不肯，何处可致千金者？错囊充牣，而合浦珠还⑨，君幸足矣，穷问何为？』乃雇役荷囊，相将俱去。

至水门内，一宅南向，径入。俄而翁媪男妇，纷出相迎，皆曰：『黄郎来也！』黄入参公姥。有两少年揖坐与语，是女兄弟大郎、三郎也。筵间味无多

品，玉柈四枚，方几已满。鸡蟹鹅鱼，皆脔切为个。少年以巨碗行酒，谈吐豪放。已而导入别院，俾夫妇同处。衾枕滑软，而床则以熟革代棕藤焉。日有婢媪馈致三餐，女或时竟日不出。黄独居闷苦，屡言归，女固止之。一日谓黄曰：『今为君谋：请买一人为子嗣计。然买婢媵则价奢；当伪为妾也兄者，使父与论婚，良家子不难致。』黄不可，女弗听。有张贡士之女新寡，议聘金百缗，女强为娶之。新妇小名阿美，颇婉妙。女嫂呼之；黄瑟踧不安，女殊坦坦。他日，谓黄曰：『妾将与大姊至南海一省阿姨，月余可返，请夫妇安居。』遂去。

夫妻独居一院，按时给饮食，亦甚隆备。然自入门后，曾无一人复至其室。每晨，阿美入觐媪，一两言辄退。娣姒⑩在旁，惟相视一笑。既流连久坐，亦不款曲。黄见翁亦如之。偶值诸郎聚语，黄至，既都寂然。黄疑闷莫可告语，阿美觉之，诘曰：『君既与诸郎伯仲，何以月来都如生客？』黄仓猝不能对，吃吃而言曰：『我十年于外，今始归耳。』美又细审翁姑阀阅，及妯娌里居。黄大窘，不能复隐，底里尽露。女泣曰：『妾家虽贫，无作贱媵者，无怪诸宛若⑪鄙不齿数矣！』黄惶怖莫知筹计，惟长跪一听女命。美收涕挽之，转请所处。黄曰：『仆何敢他谋，计惟孑身自去耳。』女曰：『既嫁复归，于情何忍？渠虽先从，私也；妾虽后至，公也。不如姑俟其归，问彼既出此谋，将何以置妾也？』

居数月，女竟不返。一夜闻客舍喧饮，黄潜往窥之，见二客戎装上座：一人裹豹皮巾，凛若天神；东首一人，以虎头革作兜牟，虎口衔额，鼻耳悉具焉。惊异而返，以告阿美，竟莫测霍父子何人。夫妻疑惧，谋欲僦寓他所，又恐生其猜度。黄曰：『实告卿：即南海人还，折证已定，仆亦不能家此也。

⑩《尔雅·释亲》：长妇谓稚妇为娣妇，娣妇谓长妇为姒妇。

⑪《史记·孝武本纪》：神君者，长陵女子，以子死悲哀，故见神于先后宛若。

今欲携卿去，又恐尊大人别有异言。不如姑别，二年中当复至。卿能待，待之；如欲他适，亦自任也。』阿美欲告父母而从之，黄不可。阿美流涕，要以信誓，乃别而归。黄入辞翁姑。时诸郎皆他出，翁挽留以待其归，黄不听而行。登舟凄然，形神丧失。至瓜州，忽回首见片帆来驶如飞；渐近，则船头按剑而坐者霍大郎也。遥谓曰：『君欲遄返，胡再不谋？遗夫人去，二三年谁能相待也？』言次，舟已逼近。阿美自舟中出，大郎挽登黄舟，跳身径去。先是，阿美既归，方向父母泣诉，忽大郎将舆登门，按剑相胁，逼女风走。一家慑息，莫敢遮问。女述其状，黄不解何意，而得美良喜，开舟遂发。

至家，出资营业，颇称富有。阿美常悬念父母，欲黄一往探之；又恐以霍女来，嫡庶复有参差。居无何，张翁访至，见屋宇修整，心颇慰，谓女曰：『汝出门后，遂诣霍家探问，见门户已扃，第主亦不之知，半年竟无消息。汝母日夜零涕，谓被奸人赚去，不知流离何所。今幸无恙耶？』黄实告以情，因

相猜为神。

后阿美生子，取名仙赐。至十余岁，母遣诣镇江，至扬州界，休于旅舍，从者皆出。有女子来，挽儿入他室，下帘，抱诸膝上，笑问何名。儿告之。问：『取名何义？』答云：『不知。』女曰：『归问汝父当自知。』乃为挽髻，自摘髻上花代簪之；出金钏[12]束腕上。又以黄金内袖，曰：『将去买书读。』儿问其谁，曰：『儿不知更有一母耶？归告汝父：朱大兴死无棺木，当助之，勿忘也。』老仆归舍，失少主，寻至他室，闻与人语，窥之则故主母。帘外微嗽，将有咨白。女推儿榻上，恍惚已杳。问之舍主，并无知者。

数日，自镇江归，语黄，又出所赠。黄感叹不已。及询朱，则死裁三日，露尸未葬，厚恤之。

异史氏曰：女其仙耶？三易其主不为贞。然为吝者破其悭，为淫者速其荡，女非无心者也。然破之则不必其怜之矣，贪淫鄙吝之骨，沟壑何惜焉？

注释 ①彰德：旧府名，府治在今河南省安阳市。②肉臛：肉羹。③燕窝：是中国传统滋养品，是金丝燕用唾液再混合海藻等其他物质所筑成的巢穴，有补肺养阴之功效，主治虚劳咳嗽、咳血等症。④鸡心：一种海味。⑤鱼肚白：以鱼鳔等物制成的白色明胶，一种很名贵的海味。⑥质成：在公堂对质，求人评剖是非。⑦怀刑：守法。《论语·里仁》：『君子怀刑。』朱熹注，『怀，思念也。怀刑，谓畏法。』⑧无那：同『婀娜』，轻盈柔美的样子。曹植《洛神赋》：『华容婀娜，令我忘餐。』⑨合浦珠还：《后汉书·孟尝传》载：汉代的合浦郡盛产珍珠，先前的郡守采求无度，珍珠渐徙别地。孟尝任太守后，『革易前弊，求民病利。曾未逾岁，去珠复还。』后常以此比喻失而复得。⑩娣姒：妯娌。《尔雅·释亲》：『长妇谓稚妇为娣妇，娣妇谓长妇为姒妇。』⑪宛若：原为女子名，后为妯娌的代称。《史记·孝武本纪》：『神君者，长陵女子，以子死悲哀，故见神于先后宛若。』《集解》：『孟康曰：「兄弟妻相谓『先后』。宛若，字也。」』⑫钏：手镯。

司文郎

平阳①王平子，赴试北闱，赁居报国寺。寺中有余杭生先在，王以比屋居，投刺焉，生不之答；朝夕遇之多无状。王怒其狂悖，交往遂绝。

一日，有少年游寺中，白服裙帽，望之傀然②。近与接谈，言语谐妙，心爱敬之。展问邦族，云：『登州宋姓。』因命苍头设座，相对噱谈。余杭生适过，共起逊坐。生居然上座，更不撝挹。卒然问宋：『亦入闱者耶？』答曰：『非也。驽骀③之才，无志腾骧久矣。』又问：『何省？』宋告之。生曰：『竟不进取，足知高明。山左、右并无一字通者。』宋曰：『北人固少通者，而不通者未必是小生；南人固多

《论语·微子》：微子去之，箕子为之奴，比干谏而死。孔子曰：『殷有三仁焉。』

通者，然通者亦未必是足下[4]。」言已，鼓掌，王和之，因而哄堂。生惭忿，轩眉攘腕而大言曰：「敢当前命题，一校文艺乎？」宋他顾而哂曰：「有何不敢！」便趋寓所，出经授王。王随手一翻，指曰：「『阙党童子将命[5]。』」生起，求笔札。宋曳之曰：「口占可也。我破[6]已成：『于宾客往来之地，而见一无所知之人焉。』」王捧腹大笑。生怒曰：「全不能文，徒事谩骂，何以为人！」王力为排难，请另命佳题。又翻曰：「『殷有三仁焉[7]。』」宋立应曰：『三子者不同道，其趋一也。夫一者何也？曰：仁也。君子亦仁而已矣，何必同？』」生遂不作，起曰：「其为人也小有才。」遂去。

王以此益重宋。邀入寓室，款言移晷[8]，尽出所作质宋。宋流览绝疾，逾刻已尽百首，曰：「君亦沉深于此道者？然命笔时，无求必得之念，而尚有冀幸得之心，即此已落下乘。」遂取阅过者一一诠说。王大悦，师事之；使庖

人以蔗糖作水角[9]。宋啖而甘之，曰：「生平未解此味，烦异日更一作也。」从此相得甚欢。宋三五日辄一至，王必为之设水角焉。余杭生时一遇之，虽不甚倾谈，而傲睨之气顿减。一日以窗艺示宋，宋见诸友圈赞已浓，目一过，推置案头，不作一语。生疑其未阅，复请之，答已览竟。生又疑其不解，宋曰：「有何难解？但不佳耳！」生曰：「一览丹黄[10]，何知不佳？」宋便诵其文，如夙读者，且诵且訾[11]。生跼蹐汗流，不言而去。移时宋去，生入，坚请王作，王拒之。生强搜得，见文多圈点，笑曰：「此大似水角子！」王故朴讷，觍然而已。次日宋至，王具以告。宋怒曰：「我谓『南人不复反矣[12]』，伧楚何敢乃尔！必当有以报之！」王力陈轻薄之戒以劝之，宋深感佩。

既而场后以文示宋，宋颇相许。偶与涉历殿阁，见一瞽僧坐廊下，设药卖医。宋讶曰：「此奇人也！最能知文，不可不一请教。」因命归寓取文。遇余

杭生，遂与俱来。王呼师而参之。僧疑其问医者，便诘症候。王具白请教之意，僧笑曰：『是谁多口？无目何以论文？』王请以耳代目。僧曰：『三作两千余言，谁耐久听！不如焚之，我视以鼻可也。』王从之。每焚一作，僧嗅而颔之曰：『君初法大家，虽未逼真，亦近似矣。我适受之以脾。』问：『可中否？』曰：『亦中得。』余杭生未深信，先以古大家文烧试之。僧再嗅曰：『妙哉！此文我心受之矣，非归、胡何解办此！』生大骇，始焚己作。僧曰：『适领一艺，未窥全豹，何忽另易一人来也？』生托言：『朋友之作，止此一首；此乃小生作也。』僧嗅其余灰，咳逆数声，曰：『勿再投矣！格格而不能下，强受之以膈，再焚则作恶矣。』生惭而退。

数日榜放，生竟领荐；王下第。生与王走告僧。僧叹曰：『仆虽盲于目，而不盲于鼻；帘中人⑬并鼻盲矣。』俄余杭生至，意气发舒，曰：『盲和尚，汝亦啖人水角耶？今竟何如？』僧曰：『我所论者文耳，不谋与君论命。君试寻诸试官之文，各取一首焚之，我便知孰为尔师。』生与王并搜之，止得八九人。生曰：『如有舛错，以何为罚？』僧愤曰：『剜我盲瞳去！』生焚之，每一首，都言非是；至第六篇，忽向壁大呕，下气如雷。众皆粲然。僧拭目向生曰：『此真汝师也！初不知而骤嗅之，刺于鼻，棘于腹，膀胱所不能容，直自下部出矣！』生大怒，去，曰：『明日自见！勿悔！勿悔！』

越二三日竟不至；视之已移去矣。乃知即某门生也。宋慰王曰：『凡吾辈读书人，不当尤人，但当克己；不尤人则德益弘，能克己则学益进。当前踧落，固是数之不偶；平心而论，文亦未便登峰，其由此砥砺，天下自有不盲之人。』王肃然起敬。又闻次年再行乡试，遂不归，止而受教。宋曰：『都中薪桂米珠，勿忧资斧。舍后有窖镪，可以发用。』即示之处。王谢曰：『昔

韩愈《符读书城南》：飞黄腾踏去，不能顾蟾蜍。

窦、范贫而能廉，今某幸能自给，敢自污乎？』王一日醉眠，仆及庖人窃发之。王忽觉，闻舍后有声，窃出，则金堆地上。情见事露，并相慑伏。方诃责间，见有金爵，类多镌款，审视皆大父字讳。盖王祖曾为南部郎，入都寓此，暴病而卒，金其所遗也。王乃喜，称得金八百余两。明日告宋，且示之爵，欲与瓜分，固辞乃已。以百金往赠瞽僧，僧已去。积数月，敦习益苦。及试，宋曰：『此战不捷，始真是命矣！』俄以犯规被黜。王尚无言，宋大哭不能止，王反慰解之。宋曰：『仆为造物所忌，困顿至于终身，今又累及良友。其命也夫！其命也夫！』王曰：『万事固有数在。如先生乃无志进取，非命也。』宋拭泪曰：『久欲有言，恐相惊怪。某非生人，乃飘泊之游魂也。少负才名，不得志于场屋。佯狂至都，冀得知我者传诸著作。甲申之年，竟罹于难，岁岁飘蓬。幸相知爱，故极力为「他山」之攻，生平未酬之愿，实欲借良朋一快之

耳。今文字之厄若此，谁复能漠然哉！』王亦感泣，问：『何淹滞？』曰：『去年上帝有命，委宣圣及阎罗王核查劫鬼，上者备诸曹任用，余者即俾转轮。贱名已录，所未投到者，欲一见飞黄⑭之快耳。今请别矣！』王问：『所考何职？』曰：『梓潼府中缺一司文郎，暂令聋僮署篆，文运所以颠倒。万一幸得此秩，当使圣教昌明。』

明日，忻忻而至，曰：『愿遂矣！宣圣命作《性道论》，视之色喜，谓可司文。阎罗穆簿，欲以「口孽」见弃。宣圣争之乃得就。某伏谢已，又呼近案下，嘱云：「今以怜才，拔充清要；宜洗心供职，勿蹈前愆。」此可知冥中重德行更甚于文学也。君必修行未至，但积善勿懈可耳。』王曰：『果尔，余杭其德行何在？』曰：『不知。要冥司赏罚，皆无少爽。即前日瞽僧亦一鬼也，是前朝名家。以生前抛弃字纸过多，罚作瞽。彼自欲医人疾苦，以赎前愆，故

托游廛肆耳。』王命置酒，宋曰：『无须。终岁之扰，尽此一刻，再为我设水角足矣。』王悲怆不食，坐令自啖。顷刻，已过三盛，捧腹曰：『此餐可饱三日，吾以志君德耳。向所食都在舍后，已成菌矣。藏作药饵，可益儿慧。』王问后会，曰：『既有官责，当引嫌也。』又问：『梓潼祠⑮中，一相酹祝，可能达否？』曰：『此都无益。九天甚远，但洁身力行，自有地司牒报，则某必与知之。』言已，作别而没。王视舍后，果生紫菌，采而藏之。旁有新土坟起，则水角宛然在焉。

王归，弥自刻厉。一夜，梦宋舆盖而至，曰：『君向以小忿误杀一婢，削去禄籍，今笃行已折除矣。然命薄不足任仕进也。』是年捷于乡，明年春闱又捷。遂不复仕。生二子，其一绝钝，啖以菌，遂大慧。后以故诣金陵，遇余杭生于旅次，极道契阔，深自降抑，然鬓毛斑矣。

异史氏曰：余杭生公然自诩，意其为文，未必尽无可观；而骄诈之意态颜色，遂使人顷刻不可复忍。天人之厌弃已久，故鬼神皆玩弄之。脱能增修厥德，则帘内之『刺鼻棘心』者，遇之正易，何所遭之仅也。

注释 ①平阳：旧府名，在今山西省临汾市。②傀然：魁伟、高大的样子。③驽骀：比喻才能平庸。驽、骀，都是劣马。④足下：旧时同辈间相称的敬词。⑤阙党童子将命：见《论语·宪问》：『阙党童子将命。或问之曰，「益者与？」子曰：「吾见其居于位也，见其与先生并行也。非求益者也，欲速成者也。」』阙党，阙里，孔子的住处。将命，奉命奔走。此处指宋生借题发挥，语义双关地奚落馀杭生。⑥破：破题。八股文开头用两句说破题目要义，称『破题』。⑦殷有三仁焉：见《论语·微子》：『微子去之，箕子为之奴，比干谏而死。孔子曰：「殷有三仁焉。」』意谓殷纣王残暴无道，微子去之以存宗祀，箕子佯狂为奴，比干力谏而死，所以孔子说微子、箕子和比干是三位仁人。⑧移晷：日影移动，指时间很长。晷，日影。⑨水角：水饺。⑩丹黄：旧时点校书籍所用的两种颜色，因以『丹黄』代称对文章的评点。⑪訾：诋毁，批评。⑫南人不复反矣：三国时蜀国名相诸葛亮南征孟获，七擒七纵。最后孟获心悦诚服地说：『公天威也，南人不复反矣！』此处比喻心悦诚服。⑬帘中人：指乡试之阅卷官员，如主考、房官（考官）。清代贡院体制，分为内帘官和外帘官，监临、外提调等外帘官主管事务，主考、房官、内提调等内帘官主管阅卷。⑭飞黄：原指传说中的神马，此处指科举取中。韩愈《符读书城南》：『飞黄腾踏去，不能顾蟾蜍。』⑮梓潼祠：梓潼帝君之府。梓潼帝君为道教所供奉的主宰功名禄位的神仙。相传姓张，名亚子或恶子，晋人。

吕无病

洛阳孙公子名麒，娶蒋太守女，甚相得。二十夭殂，悲不自胜。离家，居山中别业。

适阴雨昼卧，室无人，忽见复室帘下，露妇人足，疑而问之。有女子褰帘入，年约十八九，衣服朴洁，而微黑多麻，类贫家女。意必村中僦屋者，呵曰：『所须宜白家人，何得轻入！』女微笑曰：『妾非村中人，祖籍山东，吕姓。父文学士①。妾小字无病。从父客迁，早离顾复②。慕公子世家名士，愿为康成文婢③。』孙笑曰：『卿意良佳。但仆辈杂居，实所不便，容旋里后，当舆聘之。』女次且曰：『自揣陋劣，何敢遂望敌体④？聊备案前驱使，当不至倒捧册卷。』孙曰：『纳婢亦须吉日。』乃指架上，使取通书第四卷——盖试之也。女翻检得之。先自涉览，而后进之，笑曰：『今日河魁⑤不曾在房。』孙意少动，留匿室中。女闲居无事，为之拂几整书，焚香拭鼎，满室光洁。孙悦之。

至夕，遣仆他宿。女俯眉承睫，殷勤臻至。命之寝，始持烛去。中夜睡醒，则床头似有卧人；以手探之知为女，捉而撼焉。女惊起，立榻下，孙曰：『何不别寝，床头岂汝卧处也？』女曰：『妾善惧。』孙怜之，俾施枕床内。忽闻气息之来，清如莲蕊，异之；呼与共枕，不觉心荡；渐于同衾，大

《左传·庄公四年》："纪伯姬卒。"杜预注："内女唯诸侯夫人卒葬皆书，恩成于敌体。"

悦之。念避匿非策，又恐同归招议。孙有母姨，近隔十余门，谋令遁诸其家，而后再致之。女称善，便言：『阿姨，妾熟识之，无容先达，请即去。』孙送之，逾垣而去。孙母姨，寡媪也。凌晨起户，女掩入。媪诘之，答云：『若甥遣问阿姨。公子欲归，路赊乏骑，留奴暂寄此耳。』媪信之，遂止焉。孙归，矫谓姨家有婢，欲相赠，遣人舁之而还，坐卧皆以从。久益嬖之，纳为妾。世家论婚皆勿许，殆有终焉之志。女知之，苦劝令娶；乃娶于许，而终嬖爱无病。许甚贤，略不争夕，无病事许益恭，以此嫡庶偕好。许举一子阿坚，无病爱抱如己出。儿甫三岁，辄离乳媪，从无病宿，许唤不去。无何许病卒，临诀，嘱孙曰：『无病最爱儿，即令子之可也，即正位焉亦可也。』既葬，孙将践其言，告诸宗党，佥谓不可；女亦固辞，遂止。

邑有王天官女新寡，来求婚。孙雅不欲娶，王再请之。媒道其美，宗族仰其势，共怂恿之。孙惑焉，又娶之。色果艳；而骄已甚，衣服器用多厌嫌，辄加毁弃。孙以爱敬故，不忍有所拂。入门数月，擅宠专房，而无病至前，笑啼皆罪。时怒迁夫婿，数相闹斗。孙患苦之，以多独宿。妇又怒。孙不能堪，托故之都，逃妇难也。妇以远游咎无病。无病鞠躬屏气，承望颜色，而妇终不快。夜使直宿床下，儿奔与俱。每唤起给使，儿辄啼。妇厌骂之。无病急呼乳媪来抱之，不去，强之益号。妇怒起，毒挞无算，始从乳媪去。儿以是病悸，不食。妇禁无病不令见之。儿终日啼，妇叱媪，使弃诸地。儿气竭声嘶，呼而求饮，妇戒勿与。日既暮，无病窥妇不在，潜饮儿。儿见之，弃水捉衿，号啕不止。妇闻之，意气汹汹而出。儿闻声辍涕，一跃遂绝。无病大哭。妇怒曰：『贱婢丑态！岂以儿死胁我耶！无论孙家襁褓物；即杀王府世子，王天官女亦能任之！』无病乃抽息忍涕，请为葬具。妇不许，立命弃之。

妇去，窃抚儿，四体犹温，隐语媪曰：『可速将去，少待于野，我当继至。其死也共弃之，活也共抚之。』媪曰：『诺。』无病入室，携簪珥出，追及之。共视儿，已苏。二人喜，谋趋别业，往依姨。媪虑其纤步为累，无病乃先趋以俟之，疾若飘风，媪力奔始能及。约二更许，儿病危不复可前。遂斜行入村，至田叟家，倚门侍晓，叩扉借室，出簪珥易资，巫医并致，病卒不瘳。女掩泣曰：『媪好视儿，我往寻其父也。』媪方惊其谬妄，而女已杳矣，骇诧不已。

是日孙在都，方憩息床上，女悄然入。孙惊起曰：『才眠已入梦耶！』女握手哽咽，顿足不能出声。久之久之，方失声而言曰：『妾历千辛，与儿逃于杨——』句未终，纵声大哭，倒地而灭。孙骇绝，犹疑为梦；唤从人共视之，衣履宛然，大异不解。即刻趣装，星驰而归。既闻儿死妾遁，抚膺大悲。语侵妇，妇反唇相稽。孙忿，出白刃；婢妪遮救不得近，遥掷之。刀脊中额，额破血流，披发嗥叫而出，将以奔告其家。孙捉还，杖挞无数，衣皆若缕，伤痛不可转侧。孙命舁诸房中护养之，将待其瘥而后出之。妇兄弟闻之，怒，率多骑登门，孙亦集健仆械御之。两相叫骂，竟日始散。王未快意，讼之。孙捍卫入城，自诣质审，诉妇恶状。宰不能屈，送广文惩戒以悦王。广文朱先生，世家子，刚正不阿。廉得情。怒曰：『堂上公以我为天下之龌龊教官，勒索伤天害理之钱，以吮人痈痔者耶！此等乞丐相，我所不能！』竟不受命。孙公然归。王无奈之，乃示意朋好，为之调停，欲生谢过其家。孙不肯，十反不能决。妇创渐平，欲出之，又恐王氏不受，因循而安之。

妾亡子死，夙夜伤心，思得乳媪，一问其情。因忆无病言『逃于杨』，近村有杨家疃，疑其在是；往问之并无知者。或言五十里外有杨谷，遣骑诣讯，

《论语·先进》：人不间于其父母昆弟之言。

果得之。儿渐平复，相见各喜，载与俱归。儿望见父，嗷然大啼，孙亦泪下。妇闻儿尚存，盛气奔出，将致诮骂。儿方啼，开目见妇，惊投父怀，若求藏匿。抱而视之，气已绝矣。急呼之，移时始苏。孙恚曰：『不知如何酷虐，遂使吾儿至此！』乃立离婚书，送妇归。王果不受，又舁还孙。孙不得已，父子别居一院，不与妇通。乳媪乃备述无病情状，孙始悟其为鬼。感其义，葬其衣履，题碑曰『鬼妻吕无病之墓』。无何，妇产一男，交手于项而死之。孙益忿，复出妇；王又舁还之。孙乃具状控诸上台，皆以天官故置不理。后天官卒，孙控不已，乃判令大归。孙由此不复娶，纳婢焉。

妇既归，悍名噪甚，三四年无问名者。妇顿悔，而已不可复挽。有孙家旧媪，适至其家。妇优待之，对之流涕；揣其情，似念故夫。媪归告孙，孙笑置之。又年余妇母又卒，孤无所依，诸娣姒颇厌嫉之，妇益失所，日辄涕零。

一贫士丧偶，兄议厚其奁妆而遣之，妇不肯。每阴托往来者致意孙，泣告以悔，孙不听。一日妇率一婢，窃驴跨之，竟奔孙。孙方自内出，迎跪阶下，泣不可止。孙欲去之，妇牵衣复跪之。孙固辞曰：『如复相聚，常无间言⑥则已耳；一朝有他，汝兄弟如虎狼，再求离逖，岂可复得！』妇曰：『妾窃奔而来，万无还理。留则留之，否则死之！且妾自二十一岁从君，二十三岁被出，诚有十分恶，宁无一分情？』乃脱一腕钏，并两足而束之，袖覆其上，曰：『此时香火之誓，君宁不忆之耶？』孙乃荧眦欲泪，使人挽扶入室；而犹疑王氏诈谖，欲得其兄弟一言为证据。妇曰：『妾私出，何颜复求兄弟？如不相信，妾藏有死具在此，请断指以自明。』遂于腰间出利刃，就床边伸左手一指断之，血溢如涌。孙大骇，急为束裹。妇容色痛变，而更不呻吟，笑曰：『妾今日黄粱之梦已醒，特借斗室为出家计，何用相猜？』孙乃使子及妾另居一

所，而已朝夕往来于两间。又日求良药医指创，月余寻愈。妇由此不茹荤酒，闭户诵佛而已。居久，见家政废弛，谓孙曰：「妾此来，本欲置他事于不问，今见如此用度，恐子孙有饿莩者矣。无已，再腆颜一经纪之。」乃集婢媪，按日责其绩织。家人以其自投也，慢之，窃相诮讪，妇若不闻。既而课工，惰者鞭挞不贷，众始惧之。又垂帘课主计仆，综理微密。孙乃大喜，使儿及妾皆朝见之。阿坚已九岁，妇加意温恤，朝入塾，常留甘饵以待其归，儿亦渐亲爱之。一日，儿以石投雀，妇适过，中颅而仆，逾刻不语。孙大怒，挞儿；妇苏，力止之，且喜曰：「妾昔虐儿，中心每不自释，今幸销一罪案矣。」孙益嬖爱之，妇每拒，使就妾宿。居数年，屡产屡殇，曰：「此昔日杀儿之报也。」阿坚既娶，遂以外事委儿，内事委媳。一日曰：「妾某日当死。」孙不信。妇自理葬具，至日更衣入棺而卒。颜色如生，异香满室；既殓，香始渐灭。

异史氏曰：心之所好，原不在妍媸也。毛嫱、西施，焉知非自爱之者美之乎？然不遭悍妒，其贤不彰，几令人与嗜痂者并笑矣。至锦屏之人⑦，其夙根原厚，故豁然一悟，立证菩提；若地狱道中，皆富贵而不经艰难者矣。

崔猛

崔猛，字勿猛，建昌①世家子。性刚毅，幼在塾中，诸童稍有所犯，辄奋

注释 ①文学士：文学，孔门四科之一，指文章博学。此处泛指读书人。②早离顾复：指父母早亡。顾复，喻父母养育之恩，此处代指父母。③康成文婢：此处指愿为孙公子的奴婢。康成，郑玄。郑玄，东汉经学家，字康成。《世说新语·文学》：「郑玄家奴婢皆读书，尝使一婢不称旨，将挞之。方自陈说，玄怒，使人曳著泥中。须臾，复有一婢来，问曰：『胡为乎泥中？』答曰：『薄言往愬，逢彼之怒。』」④敌体：地位对等，无高低之分。此处指处于平等地位的妻子。《左传·庄公四年》：「纪伯姬卒。」杜预注：「内女唯诸侯夫人卒葬皆书，恩成于敌体。」⑤河魁：星命家指月中凶神。⑥间言：闲言闲语，指非议之言。《论语·先进》：「人不间于其父母昆弟之言。」⑦锦屏之人：泛指深闺女子。汤显祖《牡丹亭·惊梦》：「锦屏人忒看的这韶光贱。」此处指王氏。

汤显祖《牡丹亭·惊梦》：锦屏人忒看的这韶光贱。

拳殴击，师屡戒不悛，名、字皆先生所赐也。至十六七，强武绝伦。又能持长竿跃登夏屋。喜雪不平，以是乡人共服之，求诉禀白者盈阶满室。崔抑强扶弱，不避怨嫌；稍逆之，石杖交加，支体为残。每盛怒，无敢劝者。惟事母孝，母至则解。母谴责备至，崔唯唯听命，出门辄忘。比邻有悍妇，日虐其姑。姑饿濒死，子窃啖之；妇知，诟厉万端，声闻四院。崔怒，逾垣而过，鼻耳唇舌尽割之，立毙。母闻大骇，呼邻子极意温恤，配以少婢，事乃寝。母愤泣不食。崔惧，跪请受杖，且告以悔，母泣不顾。崔妻周，亦与并跪。母乃杖子，而又针刺其臂，作十字纹，朱涂之，俾勿灭。崔并受之，母乃食。

母喜饭僧道，往往餍饱之。适一道士在门，崔过之。道士目之曰：『郎君多凶横之气，恐难保其令终。积善之家，不宜有此。』崔新受母戒，闻之，起敬曰：『某亦自知；但一见不平，苦不自禁。力改之，或可免否？』道士笑

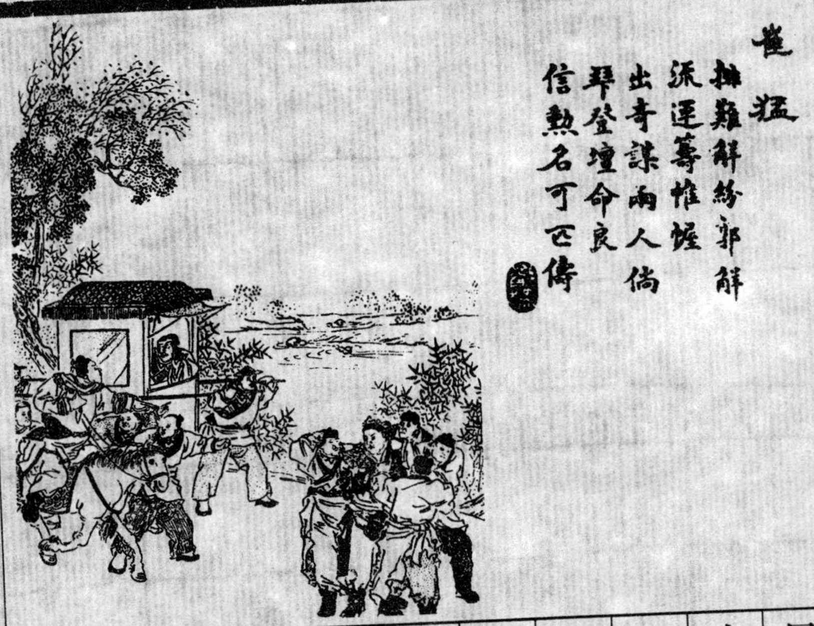

曰：『姑勿问可免不可免，请先自问能改不能改。但当痛自抑；如有万分之一，我告君以解死之术。』崔生平不信厌禳②，笑而不言。道士曰：『我固知君不信。但我所言，不类巫觋③，行之亦盛德；即或不效，亦无妨碍。』崔请教，乃曰：『适门外一后生，宜厚结之，即犯死罪，彼亦能活之也。』呼崔出，指示其人。盖赵氏儿，名僧哥。赵，南昌人，以岁祲饥，侨寓建昌。崔由是深相结，请赵馆于其家，供给优

厚。僧哥年十二，登堂拜母，约为弟昆。逾岁东作④，赵携家去，音问遂绝。

崔母自邻妇死，戒子益切，有赴诉者，辄摈斥之。一日崔母弟卒，从母往吊。途遇数人絷一男子，呵骂促步，加以捶扑。观者塞途，舆不得进。崔问之，识崔者竞相拥告。先是，有巨绅子某甲者豪横一乡，窥李申妻有色欲夺之，道无由。因命家人诱与博赌，贷以资而重其息，要使署妻于券，资尽复给。终夜负债数千，积半年，计子母三十余千。申不能偿，强以多人篡取其妻。申哭诸其门，某怒，拉系树上，榜笞刺剟，逼立『无悔状』。崔闻之，气涌如山，鞭马前向，意将用武。母搴帘而呼曰：『唶！又欲尔耶！』崔乃止。既吊而归，不语亦不食，兀坐直视，若有所嗔。妻诘之，不答。至夜，和衣卧榻上，辗转达旦，次夜复然。忽启户出，辄又还卧。如此三四，妻不敢诘，惟慑息以听之。既而迟久乃返，掩扉熟寝矣。

是夜，有人杀某甲于床上，刳腹流肠；申妻亦裸尸床下。官疑申，捕治之。横被残梏，踝骨皆见，卒无词。积年余不堪刑，诬服，论辟⑤。会崔母死，既殡，告妻曰：『杀甲者实我也，徒以有老母故不敢泄。今大事已了，奈何以一身之罪殃他人？我将赴有司死耳！』妻惊挽之，绝裾而去，自首于庭。官愕然，械送狱，释申。申不可，坚以自承。官不能决，两收之。戚属皆诮让申，申曰：『公子所为，是我欲为而不能者也。彼代我为之，而忍坐视其死乎？今日即谓公子未出也可。』执不异词，固与崔争。久之，衙门皆知其故，强出之，以崔抵罪，濒就决矣。会恤刑官⑥赵部郎，案临阅囚，至崔名，屏人而唤之。崔入，仰视堂上，僧哥也。悲喜实诉。赵徘徊良久，仍令下狱，嘱狱卒善视之。寻以自首减等，充云南军，申为服役而去，未期年援赦而归。皆赵力也。

《尚书·尧典》：寅宾日出，平秩东作。

既归，申终从不去，代为纪理生业。予之资，不受。缘橦技击之术，颇以关怀。崔厚遇之，买妇授田焉。崔由此力改前行，每抚臂上刺痕，泫然流涕，以故乡邻有事，申辄矫命排解，不相禀白。

有王监生者家豪富，四方无赖不仁之辈，出入其门。邑中殷实者，多被劫掠；或迕之，辄遣盗杀诸途。子亦淫暴。王有寡婶，父子俱烝之。妻仇氏屡沮王，王缢杀之。仇兄弟质诸官，王赇嘱，以告者坐诬。兄弟冤愤莫伸，诣崔求诉。申绝之使去。过数日，客至，适无仆，使申瀹茗。申默然出，告人曰：『我与崔猛朋友耳，从徙万里，不可谓不至矣；曾无廪给，而役同厮养，所不甘也！』遂忿而去。或以告崔，崔讶其改节，而亦未之奇也。申忽讼于官，谓崔三年不给佣值。崔大异之，亲与对状，申忿相争。官不直之，责逐而去。又数日，申忽夜入王家，将其父子婶妇并杀之，粘纸于壁，自书姓名，及追捕之，则亡命无迹。王家疑崔主使，官不信。崔始悟前此之讼，盖恐杀人之累己也。关行附近州邑，追捕甚急。会闯贼犯顺，其事遂寝。及明鼎革⑦，申携家归，仍与崔善如初。

时土寇啸聚，王有从子得仁，集叔所招无赖，据山为盗，焚掠村疃。一夜，倾巢而至，以报仇为名。崔适他出，申破扉始觉，越墙伏暗中。贼搜崔、李不得，据崔妻，括财物而去。申归，止有一仆，忿极，乃断绳数十段，以短者付仆，长者自怀之。嘱仆越贼巢，登半山，以火爇绳，散挂荆棘，即反勿顾。仆应而去。申窥贼皆腰束红带，帽系红绢，遂效其装。有老牝马初生驹，贼弃诸门外。申乃缚驹跨马，衔枚而出，直至贼穴。贼据一大村，申絷马村外，逾垣入。见贼众纷纭，操戈未释。申窃问诸贼，知崔妻在王某所。俄闻传令，俾各休息，轰然噉应。忽一人报东山有火，众贼共望之；初犹一二点，

既而多类星宿。申坌息急呼东山有警。王大惊，束装率众而出。申乘间漏出其右，返身入内。见两贼守帐，绐之曰：『王将军遗佩刀。』两贼竞觅。申自后斫之，一贼踣；其一回顾，申又斩之。竟负崔妻越垣而出。解马授辔，曰：『娘子不知途，纵马可也。』马恋驹奔驶，申从之。出一隘口，申灼火于绳，遍悬之，乃归。

次日崔还，以为大辱，形神跳躁，欲单骑往平贼。申谏止之。集村人共谋，众恇怯莫敢应。解谕再四，得敢往二十余人，又苦无兵。适于得仁族姓家获奸细二，崔欲杀之，申不可；命二十人各持白梃，具列于前，乃割其耳而纵之。众怨曰：『此等兵旅，方惧贼知，而反示之。脱其倾队而来，阖村不保矣！』申曰：『吾正欲其来也。』执匿盗者诛之。遣人四出，各假弓矢火铳，又诣邑借巨炮二。日暮，率壮士至隘口，置炮当其冲；使二人匿火而伏，嘱见贼乃发。又至谷东口，伐树置崖上。已而与崔各率十余人，分岸伏之。一更向尽，遥闻马嘶，贼果大至，缰属不绝。俟尽入谷，乃推堕树木，断其归路。俄而炮发，喧腾号叫之声震动山谷。贼骤退，自相践踏；至东口，不得出，集无隙地。两岸铳矢夹攻，势如风雨，断头折足者枕藉沟中。遗二十余人，长跪乞命。乃遣人絷送以归。乘胜直抵其巢。守巢者闻风奔窜，搜其辎重而还。崔大喜，问其设火之谋。曰：『设火于东，恐其西追也；短，欲其速尽，恐侦知其无人也；既而设于谷口，口甚隘，一夫可以断之，彼即追来，见火必惧：皆一时犯险之下策也。』取贼鞫之，果追入谷，见火惊退。二十余贼，尽劓刖而放之。由此威声大震，远近避乱者从之如市，得土团三百余人。各处强寇无敢犯，一方赖之以安。

异史氏曰：快牛必能破车，崔之谓哉！志意慷慨，盖鲜俪矣。然欲天下

无不平之事，宁非意过其通者与？李申，一介细民，遂能济美。缘橦飞人，剪禽兽于深闺；断路夹攻，荡幺魔于隘谷。使得假五丈之旗，为国效命，乌在不南面而王哉！

注释 ①建昌：旧府名，在今江西省南城县。②厌禳：古代巫术的一种，即厌祷，祈祷鬼神以为害他人，或消除灾难。禳，除殃。③巫觋：装神弄鬼、祈福消灾的人。巫，女巫。觋，男巫。④东作：春耕。《尚书·尧典》：『寅宾日出，平秩东作。』⑤论辟：判处死刑。辟，大辟，斩首。⑥恤刑官：明初设恤刑官，分遣御史赴各道审理囚犯，以慎用刑罚，成化以后，成为定制。⑦及明鼎革：指清朝取代明朝。鼎、革，是《易》卦名，为更新、去故之意，代指改朝换代。

陈锡九

陈锡九，邳人①。父子言，邑名士。富室周某，仰其声望，订为婚姻。言累举不第，家业萧条，游学于秦，数年无信。周阴有悔心。以少女适王孝廉为继室，王聘仪丰盛，仆马甚都。以此愈憎锡九贫，坚意绝婚；问女，女不从。怒，以恶服饰遣归锡九。日不举火，周全不顾恤。

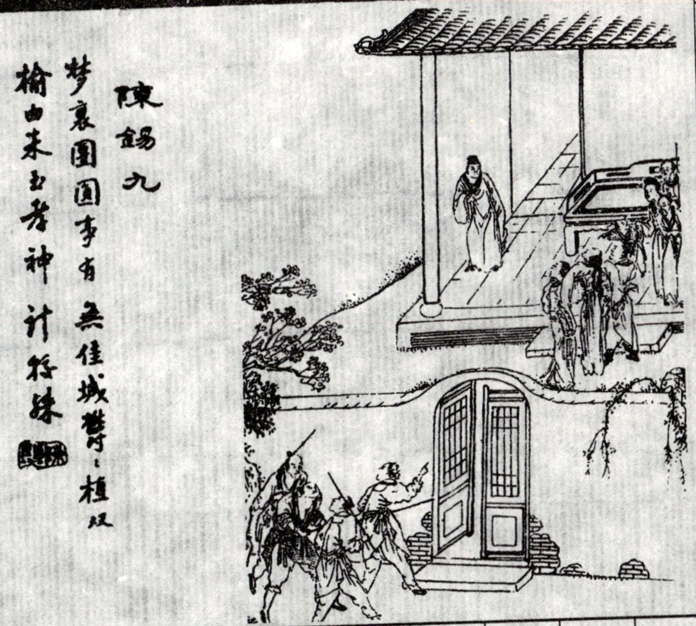

一日，使佣媪以榼②饷女，入门向母曰：『主人使某视小姑，姑饿死否。』女恐母惭，强笑以乱其词。因出廪中肴饵，列母前。媪止之曰：『无须尔！自小姑入人家，何曾交换出一杯温凉水？吾家物，料姥姥亦无颜啖噉得。』母大恚，声色俱变。媪不服，恶语相侵。纷纭间锡九自外入，讯知大怒，撮毛批颊，挞逐出门而去。次日周来逆女，女不肯归；明日又来，增其人数，众口呶呶，如将寻斗。母强劝女去。女

潸然拜母，登车而去。过数日，又使人来逼索离婚书，母强锡九与之。惟望子言归，以图别处。

周家有人自西安来，知子言已死，陈母哀愤成疾而卒。锡九哀迫中，尚望妻归；久而渺然，悲愤益切。薄田数亩，鬻治葬具。葬毕，乞食赴秦，以求父骨。至西安遍访居人，或言数年前有书生死于逆旅，葬之东郊，今冢已没。锡九无策，惟朝丐市廛，暮宿野寺，冀有知者。

会晚，经丛葬处，有数人遮道，逼索饭价。锡九曰：『我异乡人，乞食城郭，何处少人饭价？』共怒，捽之仆地，以埋儿败絮塞其口。力尽声嘶，渐就危殆。忽共惊曰：『何处官府至矣！』释手寂然。俄有车马至，便问：『卧者何人？』即有数人扶至车下。车中人曰：『是吾儿也。孽鬼何敢尔！可悉缚来，勿致漏脱。』锡九觉有人去其塞，少定细认，真其父也。大哭曰：『儿为父骨良苦。今固尚在人间耶！』父曰：『我非人，太行总管也。此来亦为吾儿。』锡九哭益哀。父慰谕之。锡九泣述岳家离婚，父曰：『无忧，今新妇亦在母所。母念儿甚，可暂一往。』遂与同车，驰如风雨。

移时至一官署，下车入重门，则母在焉。锡九痛欲绝，父止之。锡九啜泣听命。见妻在母侧，问母曰：『儿妇在此，得毋亦泉下耶？』母曰：『非也，是汝父接来，待汝归家，当便送去。』锡九曰：『儿侍父母，不愿归矣。』母曰：『辛苦跋涉而来，为父骨耳。汝不归，初志为何也？况汝孝行已达天帝，赐汝金万斤，夫妻享受正远，何言不归？』锡九垂泣。父数数促行，锡九哭失声。父怒曰：『汝不行耶！』锡九惧，收声，始询葬所。父挽之曰：『子行，我告之：去丛葬处百余步，有子母白榆是也。』挽之甚急，竟不遑别母。门外有健仆，捉马待之。既超乘，父嘱曰：『日所宿处，有少资斧，可速办装

归，向岳索妇；不得妇，勿休也。」锡九诺而行。马绝驶，鸡鸣至西安。仆扶下，方将拜致父母，而人马已杳。寻至旧宿处，倚壁假寐，以待天明。坐处有拳石碍股，晓而视之，白金也。市棺赁舆，寻双榆下，得父骨而归。

合厝既毕，家徒四壁。幸里中怜其孝，共饭之。将往索妇，自度不能用武，与族兄十九往。及门，门者绝之。十九素无赖，出语秽亵。周使人劝锡九归，愿即送女去，锡九还。初，女之归也，周对之骂婿及母，女不语，但向壁零涕。陈母死，亦不使闻。得离书，掷向女曰：「陈家出汝矣！」女曰：「我不曾悍逆，何为出我？」欲归质其故，又禁闭之。后锡九如西安，遂造凶讣以绝女志。此信一播，遂有杜中翰来议姻，竟许之。亲迎有日，女始知，遂泣不食，以被韬面，气如游丝。周正无法，忽闻锡九至，发语不逊，意料女必死，遂舁归锡九，意将待女死以泄其愤。锡九归，而送女者已至；犹恐锡九见其

病而不内，甫入门委之而去。邻里代忧，共谋舁还；锡九不听，扶置榻上，而气已绝。始大恐。正遑迫间，周子率数人持械入，门窗尽毁。锡九逃匿，苦搜之。乡人尽为不平；十九纠十余人锐身急难，周子兄弟皆被夷伤[3]，始鼠窜而去。周益怒，讼于官，捕锡九、十九等。锡九将行，以女尸嘱邻媪，忽闻榻上若息，近视之，秋波微动矣，少时已能转侧。大喜，诣官自陈。宰怒周讼诬。周惧，啖以重赂始得免。锡九归，夫妻相见，悲喜交并。

先是，女绝食奄卧，自矢必死。忽有人捉起曰：「我陈家人也，速从我去，夫妻可以相见，不然无及矣！」不觉身已出门，两人扶登肩舆。顷刻至官廨，见公姑俱在，问：「此何所？」母曰：「不必问，容当送汝归。」一日，见锡九至，甚喜。一见遽别，心颇疑怪。公不知何事，恒数日不归。昨夕忽归，曰：「我在武夷，迟归二日，难为保儿矣，可速送儿归去。」遂以舆马送

女。忽见家门，遂如梦醒。女与锡九共述曩事，相与惊喜。从此夫妻相聚，但朝夕无以自给。锡九于村中设童蒙帐，兼自攻苦，每私语曰：『父言天赐黄金，今四堵空空，岂训读④所能发迹耶？』

一日自塾中归，遇二人问之曰：『君陈某耶？』锡九曰：『然』。二人即出铁索絷之，锡九不解其故。少间村人毕集，共诘之，始知郡盗所牵。众怜其冤，醵钱赂役，途中得无苦。至郡见太夺，历述家世。太守愕然曰：『此名士之子，温文尔雅，乌能作贼！』命脱缧绁，取盗严梏之，始供为周某贿嘱，锡九又诉翁婿反面之由，太守更怒，立刻拘提。即延锡九至署，与论世好，盖太守旧邳宰韩公之子，即子言受业门人也。赠灯火之费以百金；又以二骡代步，使不时趋郡，以课文艺。转于各上官游扬其孝，自总制⑤而下皆有馈遗。锡九乘骡而归，夫妻慰甚。

一日，妻母哭至，见女伏地不起。女骇问之，始知周已被械在狱矣。女哀哭自咎，但欲觅死。锡九不得已，诣郡为之缓颊。太守释令自赎，罚谷一百石，批赐孝子陈锡九。放归出仓粟，杂糠秕而辇运之，锡九谓女曰：『尔翁以小人之心度君子矣。乌知我必受之，而琐琐杂糠覈耶？』因笑却之。锡九家虽小有，而垣墙陋蔽。一夜群盗入，仆觉大号，止窃两骡而去。后半年余，锡九夜读，闻挝门声，问之寂然。呼仆起视，则门一启，两骡跃入，乃向所亡也。直奔枥下，咻咻汗喘。烛之，各负革囊，解视则白镪满中。大异，不知其所自来。后闻是夜大盗劫周，盈装出，适防兵追急，委其捆载而去。骡认故主，径奔至家。

周自狱中归，刑创犹剧；又遭盗劫，大病而死。女夜梦父囚系而至，曰：『吾生平所为，悔已无及。今受冥谴，非若翁莫能解脱，为我代求婿，致

一函焉。』醒而呜泣。诘之，具以告。锡九久欲一诣太行，即日遂发。既至，备牲物酹祝之，即露宿其处，冀有所见，终夜无异，遂归。周死，母子逾贫，仰给于次婿。王孝廉考补县尹，以墨败，举家徙沈阳，益无所归。锡九时顾恤之。

异史氏曰：善莫大于孝，鬼神通之，理固宜然。使为尚德之达人也者，即终贫，犹将取之，乌论后此之必昌哉？或以膝下之娇女，付诸颁白之叟，而扬扬曰：『某贵官，吾东床也。』呜呼！宛宛婴婴⑥者如故，而金龟婿以谕葬归，其惨已甚矣；而况以少妇从军乎？

注释 ①邳：邳州，在今江苏邳县境内。②榼：泛指盒类容器，此处指盛饭菜的食盒。③夷伤：受创伤。夷，同『痍』。④训读：讲解诵读，教学生读书。⑤总制：总督。清代总督为地方最高长官，位列巡抚之上，专辖一省，或二三省之军民要政，亦称制府、制军、制台。⑥宛宛婴婴：指少妇。宛宛，犹婉婉，柔美的样子。婴指少女。